Franz Hohler
Es klopft

Franz Hohler

Es klopft

Roman

Luchterhand

Verlagsgruppe Random House FSC-DEU-0100
Das für dieses Buch verwendete FSC-zertifizierte Papier *EOS*
liefert Salzer, St. Pölten.

1. Auflage
© 2007 Luchterhand Literaturverlag, München
in der Verlagsgruppe Random House GmbH.
Satz: Greiner & Reichel, Köln
Druck und Einband: Friedrich Pustet KG, Regensburg
Alle Rechte vorbehalten. Printed in Germany
ISBN 978-3-630-87266-7

www.luchterhand-literaturverlag.de

1

Seit einer Stunde lag er im Bett und konnte nicht einschlafen. Auf dem Rücken nicht, auf dem Bauch nicht, auf der linken Seite nicht, und auf der rechten auch nicht. Das war ihm schon lange nicht mehr passiert. Er war neunundfünfzig, und gewöhnlich war er am Abend so müde, dass er, nachdem er im Bett noch ein paar Zeilen in einem Buch gelesen hatte, die Nachttischlampe löschte, der Frau an seiner Seite einen Gute-Nacht-Wunsch zumurmelte und nach wenigen Atemzügen einschlief. Erst wenn ihn seine Blase um zwei oder drei Uhr weckte, konnte es vorkommen, dass er den Schlaf nicht gleich wieder fand, dann stand er auf, nahm das Buch in die Hand und schlich sich leise aus dem gemeinsamen Schlafzimmer in seinen Arbeitsraum, bettete sich dort auf seine Couch und las so lange, bis ihm die Augen zufielen.

Er dachte an den morgigen Tag, es war ein Montag, das hieß, dass ihn eine volle Praxis erwartete. Um halb elf waren sie beide zu Bett gegangen, nun zeigten die Leuchtziffern seiner Uhr schon fast Mitternacht, und er sah seine Ruhezeit dahinschrumpfen, denn morgens um sechs würde mitleidlos der Wecker klingeln. Aufstehen und ins Arbeitszimmer wechseln, mit dem Buch in der Hand? Er fürchtete, dadurch seine Frau zu wecken, und er fürchtete ihre Frage, ob er nicht schlafen könne. Warum, würde sie dann fragen, warum kannst du nicht schlafen? Dann müsste er zu einer Notlüge greifen. Manchmal, wenn ihm ein Behandlungs-

5

fehler unterlaufen war oder wenn sich eine folgenschwere Komplikation eingestellt hatte, was zum Glück selten vorkam, stand der Patient nachts plötzlich vor ihm mit seinem ganzen Unglück und wollte ihn nicht in den Schlaf entlassen. Für solche Fälle hatte er ein Schächtelchen Rohypnol in seiner Hausapotheke, aber er hasste es, wenn er sich betäuben musste, und zudem war er mit der Dosierung nie ganz sicher. Nahm er eine ganze Tablette, schlief er zwar gut ein, hatte aber große Mühe mit dem Erwachen und musste noch lange in den Vormittag hinein mit der Wirkung kämpfen, nahm er nur eine halbe Tablette, reichte diese unter Umständen nicht zum Schlafen und gab ihm dennoch am nächsten Morgen ein dumpfes Gefühl. Es hing von der Schwere des Problems ab, ob er die ganze oder die halbe Pille schluckte.

Und heute handelte es sich um ein schweres Problem.

Schließlich stand er leise auf und ging ins Badezimmer. Er nahm seine Zahnbürste aus dem Glas, wusch es aus, füllte es mit Wasser und nahm eine Rohypnol-Tablette aus der Wandapotheke. Einen Moment lang betrachtete er sie, dann stieg er die Treppe hinauf in sein Arbeitszimmer, das Glas in der einen, die Tablette in der andern Hand. Im spärlichen Streulicht, das von draußen hereinfiel, ging er vorsichtig zum Schreibtisch, stellte das Glas ab, legte die Pille daneben und drückte den Schalter der Tischlampe.

Dann lehnte er sich zurück und dachte nach.

Wann genau war es gewesen? Vor 22 oder vor 23 Jahren? Er hatte es fast nicht begriffen damals, von sich selbst nicht begriffen. Nach und nach hatte er sich daran gewöhnt, dass es geschehen war; ändern konnte er es ohnehin nicht mehr, erzählt hatte er es niemandem, die fortschreitende Zeit schob es jeden Tag etwas stärker in den Hintergrund, und so hatte er es schließlich für verjährt gehalten. Heute war ihm auf einmal klar geworden, dass es eine Verjährung zwar in der Justiz geben mochte, niemals aber im Leben. Er mochte in mancher Hinsicht ein anderer gewesen sein seinerzeit, aber auf seiner Identitätskarte stand immer noch derselbe Name, Manuel Ritter, und diese seine Identität wurde jetzt aufgerufen. Er hatte anzutreten vor seiner eigenen Verantwortung, die hinter dem Gerichtspult saß und mit einem Hämmerchen auf den Tisch schlug, wenn er zu seiner Verteidigung ausholte.

Er atmete tief ein und öffnete die Schublade seines Schreibtischs. Das alles war so lange her, dass er nicht mehr genau wusste, wo er den Umschlag aufbewahrt hatte.

Er zog unter Dokumenten wie seinem Dienstbüchlein, seinem Impfausweis und seinen Arbeitszeugnissen die Kopien seiner Diplome als Arzt und als Facharzt hervor, deren Originale in seiner Praxis hingen, und legte alles auf den Schreibtisch. Als er ein Bündelchen Briefe in der Hand hielt, trat seine Frau ein und legte ihm die Hand auf die Schulter.

»Julia«, sagte er, »du hast mich erschreckt.«

»Schau mal an«, sagte sie, »meine Briefe.« Sie fuhr ihm mit der Hand ganz leicht über die Haare. »Beschäftigt es dich, dass unser Sohn so verliebt ist?«

»Tatsächlich«, sagte er, »es ist … es ist irgendwie eigenartig, dass wir eine ganze Generation vorgerückt sind.«

Heute hatte ihr Sohn zum ersten Mal seine neue Freundin nach Hause gebracht, von der er ihnen schon eine Weile vorgeschwärmt hatte.

»Und«, fragte sie, »was hab ich dir geschrieben?«

Lächelnd schaute sie auf die Briefe mit ihrer Schrift und den Briefmarken mit dem spanischen König.

»Das wollte ich gerade … das möchte ich lieber alleine lesen«, sagte er.

Sie legte ihm die Hand wieder auf die Schulter.

»Hoffentlich kannst du dann noch schlafen«, sagte sie.

Er griff nach ihrer Hand.

»Hast du denn auch noch die Briefe von mir?« fragte er.

»Selbstverständlich«, sagte sie, »aber vielleicht schluckst du doch besser deine Pille. Gute Nacht, Lieber.« Sie beugte sich über ihn und küsste seinen Nacken.

Er lehnte sich zurück und hielt ihren Kopf mit beiden Händen.

»Gute Nacht, Julia«, sagte er.

Als sie sein Zimmer verlassen hatte, fühlte er sich so allein, wie als Kind, wenn seine Mutter die Tür hinter sich zugezogen hatte und er im Bett die Nacht erwartete.

Dann schluckte er die ganze Tablette und trank das Glas Wasser leer.

Es waren nicht die Briefe, die er gesucht hatte.

Es war etwas anderes. Es war das einzige Überbleibsel einer Geschichte, die ihm plötzlich wieder so lebhaft vor Augen stand, als sei sie gestern geschehen.

2

Am 5. Mai 1983 betrat Manuel Ritter auf dem Bahnhof Basel ein Erstklassabteil des Zuges nach Zürich. Sobald er zwei freie Sitze sah, stellte er sein Köfferchen auf den einen, zog seinen Regenmantel aus, hängte ihn an den Haken darüber und setzte sich dann, etwas keuchend. Er hatte sich verspätet, aber beim Betreten der Bahnhofshalle war ihm auf der großen Abfahrtstafel aufgefallen, dass der Zug, der eigentlich schon hätte weg sein müssen, doch noch nicht abgefahren war, und mit einem Laufschritt war er durch die Unterführung auf den Perron geeilt und eingestiegen.

Als sich der Wagen nun in Bewegung setzte, klopfte es von draußen an sein Fenster, und eine Frau blickte ihn an, eindringlich, fast hilfesuchend, machte noch ein paar Schritte in der Fahrtrichtung, dann war sie aus seinem Gesichtsfeld verschwunden.

Das ältere Paar auf der andern Seite des Mittelgangs schaute leicht verwundert herüber, Manuel zuckte lächelnd die Achseln und schüttelte den Kopf dazu.

Dann lehnte er sich zurück, und während sich der Zug über verschiedene Weichen schob, als müsse er sich seinen Weg aus der Stadt suchen, streckte ihm von einer Häuserwand ein Cowboy seine durchlöcherten Schuhe entgegen, mit denen er meilenweit für eine Zigarette gegangen war.

Schon wurde die Minibar hereingezogen, und ein fröhlicher Südländer rief »Café, Tee, Mineral!« durch den Wa-

gen. Manuel konnte nicht widerstehen. Obwohl er heute sein
Maß an Koffein schon konsumiert hatte, ließ er sich einen
Kaffee einschenken. Er bereute es schon nach dem ersten
Schluck, ließ eine Weile die ganze Hässlichkeit der Auto-
bahnverschlingungen, Schallschutzwände und Bürohoch-
häuser an sich vorbeiziehen, öffnete dann sein Köfferchen
und holte eine Mappe mit Unterlagen heraus. Er war Hals-,
Nasen-, Ohrenarzt, hatte seit drei Jahren eine eigene Praxis
und kam von einem Symposium über Tinnitus. Zwei eng-
lische Ärzte hatten am Vormittag über ihre Arbeit mit Elek-
trostimulation berichtet, und am Nachmittag waren neue
Ergebnisse medikamentöser Therapien vorgestellt und dis-
kutiert worden. Auf beiden Gebieten hatte er wenig Ermuti-
gendes gehört. Er schaute noch einmal die Tabellen mit den
Prozentzahlen an und nahm die Stimme des Kondukteurs
erst wahr, als sich dieser zu ihm herunterbeugte. Während
er seine entwertete Fahrkarte zurückerhielt, wurde an ihn
offensichtlich noch eine Frage gerichtet, und auf sein »Bitte?« wurde die Frage wiederholt, nämlich ob er sich noch nie
den Kauf eines Halbtaxabonnements überlegt habe. Manuel
murmelte, er fahre fast nie Zug, worauf ihm der Kondukteur,
ein junger Blonder mit einem Ringlein im linken Ohr, entgegnete, es genügten schon drei solcher Fahrten innerhalb
eines Jahres, damit es sich rentiere, und er gebe ihm hier einen Prospekt.

Manuel nickte und las dann statt der Tabelle den Prospekt,
der ihm nebst schönsten Landschaften auch alle möglichen
Sonderaktionen und Städterabatte verhieß, auf die einzugehen er keinen Anlass sah. Er fuhr mit seiner Frau und den
Kindern regelmäßig in eine Ferienwohnung im Engadin, das

war sein Erholungsort im Sommer und im Winter, und wenn man eine Familie mit ihrer ganzen Winterausrüstung transportieren musste, war die Bahn für diese Reisen nicht geeignet. Gestern Abend hatte er seinen Wagen zum Service gebracht, deshalb hatte er heute nach Basel den Zug genommen, aber bei seiner Heimkehr würde das Auto bereits wieder vor seinem Haus stehen, auf seinen Garagisten war Verlass.

Als er erwachte, fuhr der Zug in Zürich ein. Rasch versorgte er die ungelesene Mappe in seinem Köfferchen, ließ den Halbtaxprospekt liegen, nahm seinen Mantel über den Arm, stieg aus und begab sich dann zum Gleis 11, auf dem die Züge vom rechten Ufer des Zürichsees ankamen und abfuhren. Obwohl er in Basel mit Verspätung abgereist war, erreichte er noch den Anschluss, den er seiner Frau für die Rückkehr angegeben hatte. Gerade kam der Zug an und entließ beachtliche Menschenmengen. Es ging gegen acht Uhr abends, die Stadt stieß ihren Lockruf aus, der bis weit in die Orte der Umgebung drang und Vergnügungen versprach, die es dort draußen in dieser Dichte nicht gab, Filme, Musik, Tanz, Frauen, unberechenbares Leben.

Der Drang zur Stadt hin war größer als der, sie zu verlassen, und der Wagen, den Manuel bestieg, war halb leer. Goldküstenexpress war der Scherzname des Zuges, der aus lauter roten Wagen bestand und nur am rechten Zürichseeufer verkehrte, welches als Wohnsitz des wohlhabenden Teils der Bevölkerung bekannt war. Als Manuel und Julia geheiratet hatten, lebten sie noch in einer Dreizimmerwohnung in Zürich, doch vor vier Jahren konnten sie ein Haus in Erlenbach beziehen und gehörten somit auch zur Goldküste, ob ihnen das passte oder nicht. Vor allem Julia hatte manchmal etwas Mühe damit. Manuel schaute zum Fenster hinaus auf den Bahnsteig.

Die Frau in Basel, was hatte sie von ihm gewollt? Hatte sie ihn gekannt? Die Situation, dass ihn jemand grüßte, den er selbst nicht kannte, war ihm nicht ganz neu, manchmal handelte es sich um ehemalige Patienten, die er bloß zwei- oder dreimal gesehen hatte, und heute während der Tagung hatte ihn eine Kollegin aus seiner ersten Assistenzzeit angesprochen, die sich erst wieder vorstellen musste, bis er wusste, wer sie war. Solche Begegnungen waren ihm peinlich, er wäre gern derjenige gewesen, der die andern mit seinem Gedächtnis in Verlegenheit gebracht hätte und in dessen Hirn die Menschen, mit denen er im Leben zu tun gehabt hatte, bereitsaßen wie in einem großen Wartezimmer, so dass er sie jederzeit mit ihrem Namen aufrufen konnte.

Den Gedanken, die Frau könnte bei der Tagung gewesen sein, verwarf er bald wieder, er konnte sich an kein solches Gesicht erinnern, und auch eine Patientin ihres Aussehens kam ihm nicht in den Sinn. Dunkle Haare hatte sie gehabt, reichlich, hinten irgendwie hinaufgebunden, und ein kleines rotes Band über den Fransen. Ihre Augen? Ebenfalls dunkel, zwischen braun und schwarz, und ihr Blick war nicht nur bittend, er war auch selbstbewusst, fordernd fast, als ob es um einen Notfall ginge. Aber woher sollte sie wissen, dass er Arzt war? Eine Engadinerin, die ihn aus den Ferien kannte? Das Phänomen, dass einem ein Mensch, den man immer nur hinter dem Ladentisch oder hinter einer Empfangstheke sah, seltsam fremd vorkam, wenn er einem in Freiheit begegnete, war ihm vertraut. Dennoch konnte er die Frau weder einem

Geschäft noch einem Restaurant zuordnen. Wenn sie ihn jedoch ganz und gar nicht kannte, was wollte sie denn von ihm? War ihm vielleicht etwas heruntergefallen, als er durch den Bahnhof gerannt war? Doch er vermisste nichts, und sie hatte auch nichts in den Händen gehabt.

Hätte er irgendwie reagieren können? Um das Fenster zu öffnen, war er zu verblüfft gewesen, und für eine Betätigung der Notbremse war die Episode zu wenig dramatisch. Etwas daran gefiel ihm auch, es war wohl die Tatsache, dass eine durchaus anziehende Frau, ungefähr in seinem Alter, unbedingt etwas von ihm wollte. Wäre es umgekehrt gewesen, hätte die Frau im Zug gesessen und wäre *er* auf dem Bahnsteig gestanden und hätte an die Scheibe geklopft, wäre es das gewesen, was man eine Anmache nannte. War es möglich, dass diese Frau ihn anmachen wollte? Was gab das für einen Sinn, da doch der Zug schon fuhr? War es purer Übermut, oder war es Verzweiflung? Wurde sie verfolgt und suchte Hilfe? Sollte er gar die Polizei in Basel benachrichtigen? War sie manisch? Aus einer psychiatrischen Klinik davongelaufen? Oder hatte sie ihn einfach mit jemand anderem verwechselt?

Manuel erschrak, als es an die Scheibe klopfte. Seine Frau stand mit dem kleinen Thomas an der Hand auf dem Perron in Erlenbach, und mit ein paar Sätzen gelang es ihm gerade noch, die Tür zu erreichen und auszusteigen, bevor der Zug nach Herrliberg weiterfuhr.

»Julia«, sagte er lachend und küsste sie auf die Wange, »das war knapp.« Dann nahm er Thomas auf den Arm: »Und du bist auch gekommen, Thomi? Das ist aber lieb.«

»Miam schläft«, sagte Thomas.

»Woran hast du denn gedacht?« fragte Julia, »du warst ganz versunken.«

»An die Tagung«, sagte Manuel, »es war sehr interessant.«

3

Julia öffnete den Renault auf dem Bahnhofparkplatz; auf dem Rücksitz lag die einjährige Mirjam in einer Babytrage und schlief.

»Miam schläft«, sagte Thomas laut.

»Pssst«, sagte sein Vater und hielt einen Finger an die Lippen. Julia hob den Buben in sein Kindersitzchen und versuchte leise die Tür zu schließen, aber dennoch konnte sie einen kleinen Knall nicht vermeiden, der gerade stark genug war, Mirjam zu wecken. Die begann zu weinen.

»Miam wach«, sagte Thomas.

»Macht nichts«, sagte Manuel, der vorne eingestiegen war, lehnte sich über seinen Sitz nach hinten und sagte: »Mirjam, schau wer da ist! Miri, Miri, Miri!« Dazu bewegte er winkend seine Finger und zwinkerte ihr zu.

Aber Mirjam schaute nicht, wer da war, sondern beharrte weinend auf ihrem Unbehagen.

»Wir sind bald zu Hause!« rief die Mutter nach hinten und startete den Motor. Mirjam fuhr fort zu weinen.

»Miam still!« befahl ihr Thomas.

»Aber Thomas, so lass sie doch weinen, wenn sie will«, sagte Julia leicht gereizt und bat dann ihren Mann, der Kleinen den Nuggi zu geben, der bestimmt irgendwo in ihrer Trage war.

Manuel angelte mit seinem Arm über Julias Rücklehne nach hinten, ohne den Schnuller zu finden.

»Ich glaube, du musst anhalten«, sagte er.

»Ach nein«, sagte sie, »es dauert ja nicht lang.«

Mirjam krähte.

»Miam still sein!« kam es von hinten.

Manuel versuchte ein Machtwort: »Aber Thomas soll auch still sein.« Das war zuviel für diesen.

»Toma nicht still!« schrie er und begann nun ebenfalls zu weinen, trotzig und zwängelnd, und so fuhr der dunkelgrüne Wagen bergauf, mit wechselndem Motorengeräusch und stetigem Kindergeheul; Vernunft und Unvernunft waren gleichmäßig über die vier Wesen im fahrenden Gehäuse verteilt, die vernünftigen hatten beide ein Studium hinter sich und beschäftigten sich heute mit der Struktur des Innenohrs und den Lautverschiebungen vom Lateinischen zum Spanischen, und sie verstanden nicht, warum sich die unvernünftigen ausschließlich mit ihrem Missbehagen beschäftigten.

Langsam wurden sie von ihrem französischen Auto auf den schweizerischen Hügelzug hochgetragen, den der Linthgletscher vor zehntausend Jahren bei seinem Rückzug in die Berge als Seitenmoräne hatte liegen lassen und der heute übersät war mit Terrassensiedlungen, Villen und Einfamilienhäusern, über deren Zäune sich blühende Flieder-, Rhododendron- und Schneeballbüsche neigten und aus deren Gärten aufsteigende Grillräuchlein und das Brummen elektrischer Rasenmäher einen friedlichen Abend Anfang Mai verkündeten. Am frühen Morgen, als Manuel weggegangen war, hatte es noch geregnet, jetzt warfen gerade die letzten Sonnenstrahlen ihre überlangen Schatten auf Dächer, Bäume und Baugespanne, und alles lag wie frisch gereinigt da.

Um ihre Garageneinfahrt zu erreichen, musste man von einer ansteigenden Nebenstraße scharf links abbiegen und ein kurzes Stück steil hinunterfahren. Thomas und Mirjam, die immer noch unerlöst auf dem Rücksitz jammerten, würden sie später »das Höllentor« nennen.

Über der Einfahrt und über der bergseitigen Mauer verwehrte dichtes Busch- und Strauchwerk den Blick auf das Rittersche Wohnhaus.

Es war in den dreißiger Jahren so an den Hang gebaut worden, dass das unterste Geschoss nur die halbe Fläche der zwei oberen Etagen aufwies. Die Tiefgarage war erst später hinzugekommen, was zur Folge hatte, dass der abfallende Garten nun durch eine ebene begrünte Fläche unterbrochen wurde, die einmal ein beliebter Spielplatz der Kinder werden sollte.

Ein turmartiger Vorbau auf der einen Seite des Hauses mit Erkerfenstern in jedem Stock war ein Versuch des Architekten gewesen, den Verdacht auf Biederkeit abzuwenden. Der Balkon im zweiten Stock war etwas zu eng, ihm fehlte, und das ließ sich auch vom ganzen Haus sagen, ein Stück wirkliche Großzügigkeit. Julia hatte einmal gesagt, es sei wie ein Angestellter in einem etwas zu knappen Sonntagsanzug. Sie liebte solche Vergleiche.

Trotzdem, es bot genügend Platz für sie alle, und das hatte sie, als sie vor drei Jahren möglichst rasch etwas brauchten, überzeugt.

Sie hatten das Haus kurz nach der Geburt von Thomas gemietet, als ihnen die Wohnung in Zürich zu eng wurde. Die Besitzerin war ins Altersheim gezogen, und niemand von ihrer Familie wollte es bewohnen. Ihr älterer Sohn, der die

Liegenschaft verwaltete, hatte jedoch durchblicken lassen, es sei nur eine Frage der Zeit, bis sie diese verkaufen würden, ihre Mutter hänge momentan noch zu sehr daran, und im Mietvertrag war auch eine Klausel mit einem Vorkaufsrecht enthalten. Manuel war damals noch Oberassistent gewesen, seine Frau unterrichtete an der Kantonsschule Wetzikon Italienisch und Spanisch mit einem halben Pensum, und so war ihnen diese Abmachung sehr entgegengekommen. Für den Kauf eines Hauses hätten sie die Mittel nicht gehabt. Ein Jahr später konnte Manuel eine Praxis übernehmen, was nochmals mit Investitionen verbunden war, und zwei Jahre danach kam Mirjam auf die Welt. Nach weiteren drei Jahren war es dann soweit, dass sie das Haus erwerben konnten, aber das wussten sie jetzt, als sie auf das Tor zufuhren, noch nicht.

Julia hielt an, während sie die Garage mit der Fernbedienung öffnete, und Manuel stieg aus, um seinen Kombi zu holen, der beim oberen Eingang ihres Hauses am Straßenrand stand.

Als Manuel seinen Wagen behutsam zwischen dem seiner Frau und der Reihe von Skis und Schlitten an der Wand parkiert hatte, war Julia mit den Kindern schon ausgestiegen, und Thomas kniete neben der Trage am Boden.

»Miam still«, sagte er und zeigte seinem Vater sein Schwesterchen, das nun zufrieden am Schnuller saugte.

»Und Thomas?« fragte Manuel.

»Toma auch still.«

»Brav«, sagte Manuel und nahm die Trage mit seiner kleinen Tochter in die rechte Hand. In der linken trug er seine Mappe, über die er noch den Regenmantel geworfen hatte.

»Papi Hand geben«, verlangte sein Sohn.

Papi verwies ihn auf Mamis freie Hand, aber Thomas lehnte ab.

»Papi Hand geben«, wiederholte er und blieb stehen, während sich sein Vater schon zur Türe begeben hatte.

»Papi hat nur zwei Hände«, sagte Julia und streckte ihm ihre Hand hin, »komm mit Mami.«

Aber Thomas war offenbar nicht zu Kompromissen aufgelegt und forderte erneut Papis Hand.

Manuel fragte Julia, ob sie seine Mappe und den Regenmantel nehmen könne, und Julia antwortete, man sollte dem Kleinen nicht immer seinen Willen lassen, und er könne gewiss auch mit ihrer Hand zufrieden sein, worauf sich Thomas auf den Garagenboden setzte und seine Hand heulend zurückzog, als sie seine Mutter ergreifen wollte.

»Dann bleib halt hocken!«, sagte Julia zu ihm und ging ebenfalls zur Türe.

Manuel hatte diese unterdessen mit dem linken Ellbogen geöffnet und hielt sie mit dem Fuß auf. »Und jetzt?« fragte er seine Frau, die begann, die Treppe hochzusteigen.

Er solle wirklich hocken bleiben, sagte sie und stieg ungerührt weiter, der mache sie heute so was von fertig.

Seufzend blockierte Manuel die Tür mit seiner Mappe, ging zu seinem quengelnden Sohn und nahm ihn unsanft bei der Hand.

»So, Schluss jetzt, steh auf«, herrschte er ihn an, was dieser damit quittierte, dass er auf den Knien blieb.

Als auch eine zweite Aufforderung nichts fruchtete, schleifte ihn der Vater über einen Ölfleck, den er zu spät sah, zur Tür, welche inzwischen die Mappe an die Schwelle gedrückt

19

hatte, während ein Stück des Regenmantels unter dem Spalt eingeklemmt war.

Auch in der Trage regte es sich, denn Mirjam hatte ihren Schnuller wieder verloren, und, durch das Gebrüll ihres Bruders angestachelt, begann auch sie wieder zu krähen.

»Julia!« rief Manuel die Treppe hinauf, »kannst du nicht schnell kommen?«

Aber Julia machte keine Anstalten zu kommen, gab nicht einmal Antwort auf seinen Hilferuf, der irgendwo in der Dreistöckigkeit des Hauses verloren gegangen war.

Und so schleppte der Oto-Rhino-Laryngologe seine beiden kleinen Feinde der Vernunft allein die Garagentreppe hoch und fragte sich, wie das alles gekommen war und was er sich da eingehandelt hatte auf seinem Weg der medizinischen Erkenntnisse, der Forschung und der Heilung.

4

Es war etwa eine Woche später, und ein anstrengender Tag näherte sich seinem Ende. Manuel hatte sich in Herrn Dr. Ritter verwandelt, hatte in Hälse, Nasen und Ohren geschaut, hatte entzündete Stimmbänder, gekrümmte Nasenscheidewände und gerötete Mandeln begutachtet, Audiogramme erstellt, Antibiotika verschrieben, einen Hörsturz behandelt, einen Tinnitus besprochen und ein Kehlkopfkarzinom entdeckt und war dabei in Rückstand auf seinen Stundenplan geraten. Gerade hatte er in seiner letzten Konsultation des Nachmittags eine schwerhörige alte Patientin wegen eines Hörapparats zur Hörberatung weitergewiesen, mit der er zusammenarbeitete, als Frau Riesen, seine Praxishilfe eintrat, bereits in der Straßenkleidung, und ihn fragte, ob es in Ordnung sei, wenn sie jetzt in ihre Weiterbildung gehe. Selbstverständlich, sagte er, es sei ja niemand mehr da.

Doch, sagte die Arztgehilfin, gerade sei noch eine Frau gekommen, die sich nicht habe wegschicken lassen. Sie wolle ihm von der Tinnitus-Tagung etwas bringen, es dauere nicht lang, habe sie gesagt, und sie sitze jetzt im Wartezimmer. Annette Riesen war die jüngere seiner beiden Praxishilfen, eine mädchenhafte Frau mit einem Pagenschnitt, die immer lächelte und etwas Mühe hatte, die Autorität, die ihrer Stelle zukam, auch auszuüben.

Dr. Manuel Ritter war erstaunt. Ob das eine Pharmavertreterin war, die ihm das Medikament mit der bescheidenen

Erfolgsquote anhängen wollte? Oder wollte sie ihn dazu bewegen, bei weiteren Applikationsversuchen mitzumachen? Jedenfalls war er entschlossen, auf nichts Derartiges einzugehen.

Er übergab seiner alten Patientin den Zettel mit der Adresse der Hörberatung, die er in Blockschrift geschrieben hatte, begleitete sie in den Korridor, half ihr in den Mantel, verabschiedete sich und öffnete ihr die Tür.

Dann ging er zum Wartezimmer, das offenstand, und erschrak.

Unter seinen goldgerahmten eidgenössischen Diplomen saß, mit übereinandergeschlagenen Beinen, eine Frau in einer leichten, hellen Bluse und einem schwarzen Jäckchen, mit einer üppigen Halskette, einem roten Stirnband und nach hinten aufgebundenen Haaren, und es war ohne Zweifel die Frau, die in Basel an die Scheibe seines Zugs geklopft hatte. Da saß sie und schaute ihn an, mit denselben dunklen Augen und mit demselben eindringlichen Blick.

Er zögerte einen Moment, dann sagte er, immer noch unter der Tür, »Guten Tag, Frau …«

»Wolf«, sagte sie, »Eva Wolf«, und machte keine Anstalten, sich zu erheben.

»Bitte«, sagte er und machte ihr das »Darf ich Sie in das Sprechzimmer bitten«-Zeichen. Normalerweise hielt er dazu in der linken Hand die Patientengeschichte, die ihm die Praxishilfe bereit gemacht hatte, und winkelte die rechte einladend in Richtung Korridor ab. Hatte er nichts in der linken Hand, wie jetzt, imitierte er damit die Geste der rechten. Dazu machte er eine leichte Verbeugung.

»Wir können uns auch hier unterhalten«, sagte die Frau,

»ich komme nicht als Patientin«, und lud Manuel ihrerseits mit einer einladenden Geste ein, sich zu setzen.

Noch nie hatte er sich zu jemandem ins Wartezimmer gesetzt. Er zögerte wieder, dann setzte er sich zu ihr, aber so, dass noch ein Stuhl zwischen ihnen war, und musterte sie nochmals.

»Das waren doch Sie«, sagte er dann, »in Basel kürzlich, als ich schon im Zug saß?«

»Ja«, sagte die Frau und nickte, »das war ich.«

»Aber wir kennen uns nicht?« Ihre Stimme kam ihm eigenartig bekannt vor, obwohl sie nicht gesprochen hatte damals.

Die Frau lächelte. »Nein«, sagte sie, »noch nicht.«

Mit der linken Hand begann sie, mit den Bernsteinen ihrer Halskette zu spielen, und fuhr fort, ihn anzuschauen. Manuel schaute sie ihrerseits fragend an und merkte dann, dass er direkter werden musste.

»Und was wollten Sie von mir?«

Die Frau wickelte ein Stück ihrer Kette um den Zeigefinger. Dann hielt sie inne.

»Ein Kind«, sagte sie.

Manuel hob die Augenbrauen und öffnete seinen Mund zu einer Antwort, doch die Sprache ließ ihn im Stich. Er blickte sie an, er starrte sie an, er maß sie mit den Augen, diese Frau, die hier vor ihm saß, in seinem Wartezimmer, aber dennoch weit entfernt vom Allgemeingültigen.

»Ein Kind?« wiederholte er dann langsam, als hätte er nicht richtig gehört.

»Ja«, sagte sie und schaute ihn so offen und rückhaltlos an, dass er seine Augen senken musste.

23

Er stand auf.

»Tja, Frau Wolf –«

»Ich bin nicht verrückt«, sagte sie und stand ebenfalls auf. Zu seinem Erstaunen war sie etwa gleich groß wie er.

»Das habe ich nicht gesagt«, sagte er, »aber –«

»Aber gedacht haben Sie es vielleicht.«

»Nein, aber Sie müssen zugeben, dass dies ein … etwas …« Er schüttelte den Kopf und suchte nach Worten.

»Ein etwas ungewöhnlicher Weg ist, zu einem Kind zu kommen«, ergänzte sie.

»Das ist das mindeste, was man sagen kann. Und es tut mir leid, aber ich stehe nicht zur Verfügung. Suchen Sie in Ihrem Freundeskreis nach einem Vater. Wenn ich Sie jetzt bitten darf –« Nach und nach gewann er seine Fassung wieder.

Sie trat einen Schritt näher und legte ihm die Hand auf den Arm.

»Mein Freundeskreis«, sagte sie etwas leiser, »mein Freundeskreis hat versagt. Ich habe drei abgebrochene Beziehungen hinter mir, drei, nun bin ich 35 und möchte ein Kind.«

Manuel entzog seinen Arm ihrer Hand.

»Hören Sie, ich verstehe wirklich nicht, wie Sie gerade auf mich kommen, auf jemanden, den Sie nicht einmal kennen –«

»Das ist es ja«, sagte sie und legte ihre Hand erneut auf seinen Arm, »ich möchte einen Vater, den niemand kennt. Aber nicht irgendeinen. Sie waren an der Tagung, ich habe dort übersetzt, und als ich Sie sah, habe ich gewusst: Das ist er. Ich bin Ihnen zum Bahnhof gefolgt, leider nicht schnell genug. Aber jetzt bin ich da.«

Manuel zog seinen Arm wieder zurück und machte zwei

Schritte hinter das Tischchen, auf dem die »Schweizer Familie« neben der »Sprechstunde«, dem »Geo« und der »Schweizer Illustrierten« lag. »Trotzdem, Frau Wolf, das geht nicht – wie haben Sie mich überhaupt gefunden?«

»Sie sind meine vierte Adresse in Zürich«, sagte sie lächelnd, »Ihre drei Kollegen waren übrigens alle der Ansicht, mein Gehör sei in Ordnung. Ich hätte so lange weitergesucht, bis ich Sie gefunden hätte.«

»Also –«

»Ich möchte Ihnen noch etwas sagen. Ich weiß, dass Sie verheiratet sind. Es geht mir nicht darum, Ihre Ehe zu zerstören. Es geht mir auch nicht um eine Affäre mit Ihnen, geschweige denn um eine längere Beziehung. Ich will gar keine Beziehung mehr, dazu bin ich zu enttäuscht und zu verletzt. Ich möchte nur einen Vater für mein Kind. Sobald ich schwanger bin, gibt es Sie und mich nicht mehr. Ich werde keinerlei Forderungen an Sie stellen, darauf können Sie sich verlassen. Ich werde aus Ihrem Leben verschwinden und vollständig unsichtbar sein. Ich werde das Kind allein großziehen, und es wird nie erfahren, wer sein Vater ist.«

»Sie wissen, dass Sie um etwas Unmögliches bitten.«

»Wieso unmöglich? Ich bitte um ein Menschenleben.«

»Ich glaube, Sie suchen eher einen Zuchtstier.«

»Soll ich denn auf ein Wunder warten wie die Mutter Gottes?«

»Warten Sie lieber auf einen Mann, der Ihnen gefällt.«

»Da brauche ich nicht zu warten«, sagte sie, machte zwei Schritte um das Tischchen herum, fasste ihn an den Schultern, legte ihre Wange an seine und ließ, fast ohne ihn zu berühren, ihre Hände auf seine Hüften gleiten.

Dr. Manuel Ritter, überrascht, blieb einen Augenblick zu lange stehen, ohne sich zu wehren, und in diesem Augenblick verwandelte er sich in einen namenlosen Mann, der zum erstenmal in seinem Leben einer Frau begegnet. Ihre Haare, ihre Haut, ihr Duft, ihre Nähe, ihre Stimme, ihre Wörter wirkten zusammen wie ein Zauber, der ihn umschlang. Als sie ihm seinen weißen Arztkittel abstreifte, war ihm, als falle sein ganzes bisheriges Leben von ihm ab; ein Dröhnen in seinen Ohren machte aus seinem Kopf eine Kathedrale, zitternd nahm er Eva an der Hand, ging mit ihr wie in Zeitlupe in den Raum, der soeben noch sein Sprechzimmer gewesen war, und schloss die Tür hinter sich.

5

Er konnte es nicht fassen.

Gegen acht Uhr abends fuhr er im Auto über die Seestraße heimwärts.

Er konnte nicht fassen, was soeben geschehen war.

Es war so fremd und übermächtig gewesen, dass er es gar nicht mit sich selbst zusammenbringen mochte. War das ein anderer gewesen, der sich in diese Frau verkrallt hatte, die so schamlos in sein Leben getreten war? In welchem Schattenloch hatte denn dieser andere gelauert, um in dem Moment hervorzuspringen und ihn von seinem Weg abzudrängen, von seiner Normalroute, die über Maturität, Militär, Studium, Heirat, erstes Kind, Assistenzarzt, zweites Kind, Praxis und eigenes Haus zum Gipfel führte? Manchmal sah er sich noch als Oberarzt, hatte sich auch einmal auf eine entsprechende Ausschreibung gemeldet, aber er war schon zufrieden, dort zu sein, wo er jetzt war, die Arbeit in seiner Praxis hatte er mit Freuden angepackt, es hatte ihm nach der langen Zeit der Ausbildung und Assistenzen gefallen, mehr, es hatte ihn mit Stolz erfüllt, endlich der Alleinverantwortliche zu sein für die Probleme der Patienten, die zu ihm kamen.

Nie hätte er gedacht, dass er derart explodieren könnte, das war fast, als ob er mit Julia unglücklich wäre.

Julia. Sie war die zweite Frau in seinem Leben gewesen.

Maja. Die Freundschaft mit ihr dauerte vom letzten Jahr der Kantonsschule bis zum dritten Jahr des Studiums. Sie studierte Politologie, und dem einen Jahr, für welches sie dann nach Amerika ging, hatte ihre Beziehung nicht standgehalten, Maja hatte sich in Boston verliebt, war gleich dort geblieben und hatte geheiratet, einen amerikanischen Juristen, und er hatte sie seither nie mehr gesehen.

Julias Bekanntschaft hatte er auf einer Fete in der WG seines jüngeren Bruders gemacht, dessen damalige Freundin Romanistik studierte. Julia war als eine Freundin der Freundin gekommen, war ebenfalls Romanistikstudentin und hatte, als er sie traf, eine Geschichte hinter sich, durch deren plötzliches Ende sie noch verwundet war.

Sie hatten einmal zusammen getanzt und sich dann, auf einem Fenstersims sitzend, miteinander unterhalten.

Als ihm die kleine, hübsche Frau mit dem ungebändigten Lockenkopf, die fröhlich und melancholisch zugleich war, nicht aus dem Kopf ging, fragte er zwei Tage danach seinen Bruder und dann die Freundin seines Bruders nach Julias Adresse. Sie trafen sich, einmal, zweimal, dreimal, Julia war zuerst zurückhaltend, aber dann blieben sie zusammen. Es war keine Frage, dass sie sich liebten.

Wie lange war das her? Neun oder zehn Jahre. Julia hatte ihr Lizentiat gemacht, er seinen Doktor. Es folgte die Heirat, es kamen die Kinder. Julia hatte außer während ihres Mutterschaftsurlaubs nicht aufgehört, an der Kantonsschule Wetzikon zu unterrichten, ein halbes Pensum Italienisch und Spanisch.

Nie hatte er sich in diesen Jahren mit einer andern Frau eingelassen. Nicht dass er unempfindlich gewesen wäre, die Nähe zu Frauen, die er in seiner Arbeit täglich erlebte, gefiel ihm durchaus; wenn es ihre Ohren- und Nasengänge zu erforschen galt, war der Abstand seines Kopfes zu demjenigen der Patientin so gering, dass er dem Duft ihrer Haare und ihrer Haut nicht entging und dass er schon bald ein kommunes Parfum von einem erlesenen unterscheiden konnte, es war ein Abstand, welcher die Intimitätsgrenze durchbrach und bei welchem ihm auch schon ein Seitenblick auf einen schönen Busen unterlaufen war, aber er hätte sich keine Anzüglichkeit irgendwelcher Art gestattet, geschweige denn einen Annäherungsversuch, weder fühlte er ein Bedürfnis dazu, noch hätte er gewusst, wie man so etwas in seiner Situation anpacken müsste.

Vom Oberarzt der Klinik, bei dem er Assistent gewesen war, war bekannt gewesen, dass er, dreifacher Familienvater, eine Freundin hatte, eine Krankenschwester aus derselben Abteilung, auch sein Freund Zihlmann, der Urologe war, hatte kürzlich eine Bemerkung gemacht, die einem Eingeständnis gleichkam, aber Manuel war nie klar gewesen, wie man eine solche Beziehung neben einer Ehe vorbeischmuggeln konnte.

Jetzt, auf einmal, wusste er es. Es war viel einfacher, als er gedacht hatte. Man stieß auf eine Frau, die ein Abenteuer suchte, fiel in einer dunklen Ecke übereinander her, mit aller Leidenschaft, die an den Rändern der Gewohnheit liegen geblieben war, und ging wieder auseinander. Auch die dunkle Ecke zu finden war nicht besonders schwer, wenn man über eine eigene Praxis verfügte.

Doch halt, hier war etwas ganz anderes im Gange. Eva mochte zärtlich gewesen sein, leidenschaftlich, unersättlich geradezu, aber es war ja gar nicht das Abenteuer, das sie wollte. Was sie wollte, und jetzt wurde Manuel erst richtig bewusst, was er gerade hinter sich hatte, war ein Kind. Hoffentlich, dachte er, hoffentlich ist nichts draus geworden. Ein Kind auf Bestellung, so etwas klappt ja selten beim ersten Mal. Sie werde sich melden, hatte sie gesagt, wenn sie ihn noch einmal treffen wolle – es wäre natürlich schön, hatte sie hinzugefügt.

Ich muss sie anrufen, dachte Manuel, und ihr sagen, dass ich sie nie wieder sehen will. Meine Frau ist Julia, und sie ist die Mutter meiner Kinder. Er war aufgewühlt und konnte sich selbst nur mit dem Gedanken beruhigen, dass das der einzige und letzte Ausrutscher seines Lebens gewesen sein musste. Habe ich denn, fragte er sich, überhaupt Evas Adresse oder wenigstens ihre Telefonnummer? Er musste sich gestehen, dass er sie weder nach dem einen noch nach dem andern gefragt hatte, derart überrumpelt war er gewesen.

Vor ihm stauten sich die Autos, alle auf der Flucht aus Zürich in die rechtsufrigen Paradiesgärten, Küsnacht lag hinter ihm, gleich kam die Abbiegespur nach links, die nach Erlenbach führte, er überholte den letzten Wagen der Kolonne und strebte den Abbiegepfeilen weiter vorn zu, nicht allzu schnell, aber schnell genug, dass das Mädchen, welches mit dem Moped zwischen zwei Autos herausfuhr, um auf die andere Straßenseite zu gelangen, auf seine Kühlerhaube geworfen wurde, während ihr Zweirad an die Tür eines stehenden Wagens geschmettert wurde. Durch sein scharfes Abbremsen kollerte sie vor ihm auf den Asphalt und blieb dort rücklings liegen.

Manuel schaltete den Motor ab, schloss einen Moment die Augen und drückte die Stirn ans Lenkrad.

Dann öffnete er die Tür, kniete neben dem Mädchen nieder und wurde zum Notfallarzt.

Sie habe schon der Polizei telefoniert, rief eine Frau aus einem geöffneten Fenster, der letzte Fahrer der stehenden Kolonne warnte die heranfahrenden Autos mit Handzeichen, hinter Manuel stand auch schon ein Wagen, dessen Lenker mit dem Pannendreieck zurückrannte und es auf die Mitte der Straße stellte.

Die junge Frau war bewusstlos und trug keinen Helm. Außer Schürfungen an den Händen war keine Verletzung zu sehen, aber immerhin reagierten ihre Pupillen, als er ihr die Augenlider öffnete. Manuel lagerte sie seitlich, sie atmete ruhig. Die Frau aus dem Fenster rief ihm zu, sie habe auch die Ambulanz benachrichtigt. Er hoffte inständig, es sei kein Schädel-Hirn-Trauma und es gebe keine inneren Verletzungen. Dann nahm alles seinen Gang, den er aus seiner Zeit als Bereitschaftsarzt kannte.

Die Störung des Verkehrs war beträchtlich, die Polizei musste die Lichtanlage ausschalten und die Benutzung der einen Fahrbahn von Hand regeln, der Unfall wurde genau aufgenommen, die Fahrerin neben und der Fahrer hinter ihm wurden als Zeugen befragt, mit der Fahrerin des beschädigten Wagens tauschte er die Adresse aus, versicherte ihr, dass er für die Reparaturkosten aufkommen werde, falls es Komplikationen mit der Versicherung des Opfers gebe. Als der Bezirksanwalt an der Unfallstelle eintraf, waren nur noch die Kreideumrisse des Mädchens am Boden zu sehen, sie selbst war bereits mit Blaulicht ins Kreisspital Männedorf transportiert worden. Manuels Wagen war auf der Abbiegespur zum Stehen gekommen, aber die Bremsspuren begannen früher und zeigten, dass er die Mittellinie überfahren hatte. Da diese dort noch nicht durchgehend war, würde wohl das Mädchen als Unfallverursacherin gelten. Manuel hatte die Frau am Fenster gebeten, bei ihm zu Hause anzurufen und mitzuteilen, dass er wegen des Unfalls später komme, aber dass ihm nichts passiert sei.

Als er nach neun Uhr die Treppe aus seiner Garage hochstieg und die Wohnung betrat, stand dort Julia mit besorgtem Gesicht und trug ihren Sohn auf den Armen.

»Papi bum!« rief ihm Thomas entgegen.

»Ja«, sagte Manuel, atmete tief ein und stieß die Luft hörbar wieder aus, »Papi bum.«

6

Julia machte sich Sorgen.

Seit ihr Mann vor ein paar Tagen dieses 16-jährige Mädchen angefahren hatte, wirkte er oft bedrückt und war reizbarer als sonst. Im Spital hatte sich herausgestellt, dass es sich nicht bloß um eine Gehirnerschütterung, sondern um einen Schädelbruch handelte, aber das Mädchen war ohne innere Verletzungen davongekommen und auf gutem Weg zur Heilung, Manuel hatte die Patientin besucht und ihr einen Blumenstrauß gebracht. Der Bericht der Bezirksanwaltschaft stand zwar noch aus, aber da das Mädchen unvermutet zwischen zwei stehenden Wagen herausgefahren war, ohne an die zweite Spur zu denken, war es so gut wie sicher, dass Manuel keine Schuld traf. Er brauche sich wirklich keine Vorwürfe zu machen, hatte ihm Julia gestern gesagt, als sie merkte, dass seine missliche Stimmung anhielt.

Es ärgere ihn einfach, dass er in einen Unfall verwickelt worden sei, und jemanden verletzt zu haben, ob vorsätzlich oder nicht, mache ihm zu schaffen. Es sei etwas anderes, ob man über sein Zerstörungspotential theoretisch Bescheid wisse oder ob man es praktisch ausübe.

Trotzdem wollte er nicht mit Zug und Tram in seine Praxis fahren, wie Julia ihm vorschlug, denn diese lag auf der andern Seeseite, in Zürich-Wollishofen, das verlängere seinen Arbeitsweg, und er brauche das Auto so oder so, also sei es besser, es ständig zu gebrauchen, um in Übung zu bleiben.

Er wisse aber, wandte Julia ein, dass ihm jederzeit ein ähnlicher Unfall widerfahren könne, oder sogar ein schlimmerer.

Rein statistisch, fand Manuel, müsste er jetzt eine Weile Ruhe haben.

»Du weißt, was ich von Statistiken halte«, sagte Julia.

»Ohne Statistiken käme die Forschung nicht weiter«, entgegnete Manuel.

Julia verzichtete darauf, eine abschätzige Bemerkung über die Forschung zu machen. Hatte ein Gespräch einen solchen Punkt erreicht, das wusste sie, dann war es besser, es abzubrechen.

Jetzt saß sie im Lehrerzimmer der Kantonsschule Wetzikon und trank einen Kaffee. Sie hatte eine Zwischenstunde. Nach der Italienischlektion mit einer Maturaklasse stand noch eine Spanischstunde bevor. Spanisch war kein obligatorisches Fach, man nahm es freiwillig, und deshalb waren die meisten, die kamen, interessiert. Es war eine erste Klasse, und sie wollte heute ein paar Grundregeln der Lautverschiebungen vom Lateinischen zum Spanischen durchnehmen und hatte zu diesem Zweck die Übersicht vor sich, die sie sich einmal im Studium gemacht hatte. Doch es fiel ihr schwer, sich auf die Reihen »hortus, huerto« »fortis, fuerte« »mortis, muerte« zu konzentrieren.

Manuel. Sie fragte sich, ob sie ihn überhaupt kenne. Es war das erstemal, dass ihn ein Ereignis so sichtbar verstörte. Bisher war er mit einer Gewissheit und Leichtigkeit seinen Weg gegangen, um die sie ihn manchmal beneidet hatte. Als sie sich kennen lernten, stand er kurz vor dem Staatsexamen, auf das er sich zwar intensiv, aber ohne jene schleichende Furcht vorbereitete, die sie von Studienkolleginnen und -kollegen und auch von sich selber kannte, die Furcht, man habe sich auf genau das nicht genügend vorbereitet, was in der Prüfung gefragt werden würde, und die einen dazu trieb, sich nächtens sinnlose Zusammenfassungen von Fachliteratur einzuhämmern, um mindestens eine Ahnung von dem vorzuspiegeln, worüber man nichts wusste.

Auch seine Dissertation hatte er geschrieben, ohne ihre Hilfe bei der Reinschrift in Anspruch zu nehmen, seine verschiedenen Stellen als Notfall- und Assistenzarzt waren alle an der Grenze des Zumutbaren gewesen, und stets hatte er sie mit Unerschrockenheit angepackt, er schien über einen gewissen Grundvorrat an Optimismus zu verfügen, der ihr fehlte.

»Gut, dann machen wir das!« war einer seiner Lieblingssätze, mit dem er zum Beispiel auch die Übernahme der Praxis oder die Miete ihres Hauses besiegelt hatte. Beides war mit Ungewissheiten belastet, über die sie noch lange gegrübelt hätte, aber irgendwie war er imstande, Fragezeichen in Ausrufezeichen zu verwandeln.

Trotzdem gehörte er nicht zu den Menschen, die ihre gute Laune ständig zur Schau trugen wie etwa ihr Kollege Imbach, der Englisch unterrichtete. Wenn er das Lehrerzimmer betrat, hatte Julia immer das Gefühl, sie müsse sich vor seiner Fröhlichkeit schützen wie vor einer ansteckenden Krankheit.

Als sie Manuel kennen gelernt hatte, auf jenem Fest seines Bruders, hatte sie der schlaksige, große Medizinstudent, dem seine gescheitelten Haare immer wieder in die Stirn fielen, eigenartig angezogen, seine etwas linkische Art, auch seine leise Ironie, die nicht menschenverachtend war, gefielen ihr, und in den Tagen danach musste sie so oft an ihn denken, bis sie ihre Freundin bat, bei Manuels Bruder nach dessen Adresse zu fragen. An Manuels ersten Anruf erinnerte sie sich genau: sie war neben dem Telefon gestanden und hatte die Wahl seiner Nummer mittendrin abgebrochen und den Hörer wieder aufgelegt – da klingelte es.

Eigentlich wollte sie damals von Männern gar nichts mehr wissen. Ihre Freundschaft mit Giuliano war abrupt beendet worden, von ihm, nicht von ihr. Den kurzen Brief sah sie jetzt noch vor sich, und noch beleidigten sie die wenigen Wörter, »Scusi, ti voglio bene, pero non posso più, Giuliano.« Also gern haben und trotzdem nicht mehr können. Kein Wort darüber, wieso. Kein Gespräch, kein abschließendes Treffen mehr. Es sei nicht wegen ihr, und es gebe keinen Grund, sagte er ihr am Telefon.

Den Grund sah sie ein paar Wochen später. Als sie aus dem »Café Select« trat, schlenderte Giuliano am Arm einer schönen, schlanken Frau mit blondem Rossschwanz zum Eingang des Restaurants »Terrasse«.

Ihre Eltern waren erleichtert gewesen damals. Sie hatten befürchtet, dass aus der Freundschaft mit dem Studenten der Nationalökonomie eine dauerhafte Verbindung werden könnte, die nicht dem entsprochen hätte, was sie sich für ihre Tochter erhofften. Giulianos Eltern waren in den Fünfzigerjahren in die Schweiz eingewandert, sein Vater hatte als Mechaniker bei Bührle gearbeitet, seine Mutter war Angestellte eines Putzinstituts, und sie waren stolz darauf gewesen, dass sie ihren beiden Söhnen ein Studium ermöglichen konnten. Julia hatte Giuliano bei der Organisation des Uni-Balls kennen gelernt, bei der sie ein paarmal mitgemacht hatte. Als er hörte, dass sie Romanistik studierte, redete er, der sonst den normalsten Zürcher Dialekt sprach, nur noch italienisch mit ihr, und was zuerst nichts anderes gewesen war als eine Neckerei, eine kleine Pose, wurde dann zu einer festen Form ihrer Liebe, es hatte für sie etwas Verschworenes, dieser Wechsel der Sprache, sobald sie ihren Freund traf, als beträte sie eine Welt, die nur ihm und ihr gehörte. Es fiel ihr dann auch nicht leicht, das Italienische nach der Trennung wieder als bloßes Studienobjekt anzuschauen, dessen linguistische und literarische Geheimnisse es zu ergründen galt.

Und die Geschichte mit dem Mann davor, ihrem ersten intimen Freund, war eher ein Feuer aus gegenseitiger sexueller Neugier gewesen, entfacht auf der Maturreise in Südfrankreich, das nachher eine Weile weiterbrannte, aber von ihr wieder rechtzeitig gelöscht wurde, als sie merkte, dass es zur Gewohnheit zu werden drohte. Heinz mit den großen dunklen Augen und dem runden Kopf ging dann nach Freiburg und studierte Geschichte.

Auf Manuel hatten ihre Eltern von Anfang an gut reagiert. Ein Mann, der nicht nur Arzt war, sondern auch schweizerischer Herkunft, und dessen Vater auch schon ein Arzt schweizerischer Herkunft war, da hatte ihr Vater, der Rechtsanwalt war, keine Fragen mehr, einzig die Mutter fragte sie einmal, als es ans Heiraten ging, ob er denn wohl genügend Zeit für die Familie haben werde. Dafür, hatte Julia ihr damals geantwortet, werde sie sorgen, und für sie sei es genauso eine Frage, ob sie selbst genügend Zeit für die Familie haben werde. Dies hatte sie auch deshalb gesagt, weil ihre Mutter ihren Beruf als Lehrerin seinerzeit aufgegeben hatte, um sich der Betreuung ihrer beiden Kinder und ihres Gemahls zu widmen, der etwa so wenig Zeit für seine Familie hatte, wie sie das von ihrem künftigen Schwiegersohn befürchtete.

Allerdings, jetzt, wo die Kinder klein waren, war sie unglaublich froh um ihre Mutter, zu der sie die beiden bringen konnte, wenn sie zur Schule musste. Fällanden lag sozusagen am Weg nach Wetzikon, und Thomas und Mirjam waren gerne bei ihrer Großmutter, welche aus Julias ehemaligem Zimmer ein Kinderzimmer gemacht hatte. Das Bettchen für Mirjam war das alte Kinderbettchen von Julia und ihrem Bruder. Thomas hingegen benutzte Julias früheres Bett, ein schweres Nussbaumerbstück, das sie immer gehasst hatte und an dessen Rahmen ihm nun seine Großmutter jeweils einen Schutz gegen das Hinausfallen befestigte, den sie ihrerseits von ihrer Großmutter her besaß, eine Bettschere. Wenn Thomas erzählte, dass er bei seiner Großmutter geschlafen hatte, die er, auf Grund des ersten einleuchtenden Erklärungsversuchs ihres Verwandtschaftsgrades Mamimami nannte, vergaß er nie zu erwähnen: »Mit Bettscher.«

Vorgestern hatte Thomas bei seiner Großmutter eine Anzahl Zeichnungen gemacht, welche als drastische Darstellungen von Unfällen kenntlich waren. Ein Auto prallte auf einen wirren Knäuel auf, während Räder und ein Kopffüßler durch die Luft wirbelten. Auf einem andern Blatt lag der Kopffüßler am Boden, und daneben stand ein Männchen und schaute konsterniert auf die Bescherung. Ein weiteres zeigte eine Ambulanz, denn nichts anderes meinte die große blaue Kugel auf dem Viereck mit zwei Rädern, und im Innern lag der Kopffüßler dahingestreckt.

Seltsam, dass Manuel Julia gebeten hatte, ihren Eltern

nichts von seinem Unfall zu sagen. Aber die gezeichneten Protokolle ihres Dreijährigen ließen ihr keine andere Wahl, was Manuel sehr verstimmte, als sie ihm davon erzählte.

Überhaupt war er seltsam in diesen Tagen. Er sei, hatte er ihr gestern Nacht gesagt, noch nicht in der Stimmung, als sie ihn im Bett zu sich herüberziehen wollte. Sonst war es eher sie, die aus purer Erschöpfung auch schon mal nein gesagt hatte. Um so mehr freute sie sich dann, wenn sie wieder Lust hatte, denn sie wollte etwas haben davon, genau soviel wie er, sie war ungern die, bei der er einfach abladen konnte.

Oder war er vielleicht doch zu schnell gefahren und fühlte sich deswegen schuldig, oder hatte er an etwas anderes gedacht und darum zu spät reagiert? Doch was gab es, das ihn derart beschäftigte? Sie nahm sich vor, ihn danach zu fragen.

»The rain in Spain stays mainly in the plane!« sagte Kollege Imbach scherzhaft und laut mit einem Blick auf Julias Notizen.

»Erschreck einen nicht so«, entgegnete Julia, schaute wieder auf ihre Blätter und hob die Tasse mit dem kalten Kaffee an den Mund.

7

Es war etwa ein guter Monat vergangen seit jenem Erlebnis in der Praxis. Manuel musste immer wieder darüber nachdenken, ohne dass er es in einen Zusammenhang mit seinem bisherigen Leben bringen konnte. Er war verwirrt, und das verwirrte ihn.

Wenn ihm bisher die Liebe begegnet war, zu Maja, zu Julia, hatte er sie leicht erkannt. Mit der Liebe ging eine Klarheit einher, die keiner Rechenschaft und keiner Deutung bedurfte. Aber das jetzt war offenbar etwas anderes, etwas, das ihm fremd war, etwas, das wie ein Windsturm aus blauem Himmel dahergefegt war und ihn umgeworfen hatte, und er war immer noch dabei, sich aufzurappeln.

Die Wiederaufnahme der Schlafzimmervergnügungen mit Julia war ihm ohne Panne gelungen, hatte ihm sogar einen neuartigen Spaß gemacht, und er zog daraus den Schluss, dass er um die Peinlichkeit eines Ehegesprächs herumkam.

Wenn ich es vergesse, sagte er sich, ist es auch für Julia nicht von Belang. Denn dass er Julia liebte, stand für ihn fest, und dass er sie nicht verletzen wollte, ebenso.

Nur, von Vergessen konnte keine Rede sein.

Manchmal, wenn ihm eine seiner Praxishilfen, Frau Riesen oder Frau Lejeune, einen Anruf durchstellte, war er auf Evas Stimme gefasst, und er wusste nicht, ob er sie fürchtete oder herbeisehnte. Was er ihr sagen würde, wenn sie um ein weiteres Treffen bäte, hatte er sich schon zurechtgelegt.

Auch den Fall, dass sie eines Abends wieder als letzte in seiner Praxis erscheinen würde, hatte Manuel mehrmals für sich durchgespielt, und in jeder seiner gedanklichen Inszenierungen trat er als reifer, väterlicher Mensch auf, der sich mit Würde, aber standhaft, aus einer Beziehung zurückzuziehen vermochte, deren Aussichtslosigkeit beiden von Anfang an klar gewesen war.

Gleichzeitig musste er sich eingestehen, dass es da eine Hoffnung gab, sie wiederzusehen, und es fiel ihm schwer, diese einzuordnen, er spürte bloß, dass sie, je länger er nichts von Eva hörte, desto drängender wurde. Dabei wusste er, dass er sie auf keinen Fall wiedersehen sollte, denn sie wollte ja von ihm nicht das Abenteuer der Vertrautheit mit einem Unbekannten, sondern sie wollte von ihm ein Kind, und auf dieses Ansinnen durfte er nicht eingehen, es würde sein Lebensgefüge aufs schwerste gefährden. Die Mutter seiner Kinder, das sagte er sich immer wieder, war Julia, und eine derartige Kränkung wäre für sie unerträglich, dessen war er gewiss. Sie müsste sich von ihm scheiden lassen, er konnte sich nicht vorstellen, dass eine Frau wie sie anders reagieren würde. Er müsste das Erlenbacher Haus verlassen und würde dann zu diesen Wochenendvätern gehören, wie er sie gelegentlich im Strandbad sah, deren Zuwendung entweder missmutig oder übertrieben war und die ihre Schuld bei den Kindern mit Vanille-Eis und Smarties abzahlten.

Was er wollte, war ihm also klar. Und bis jetzt hatte er im Leben eigentlich immer das gemacht, was er wollte. Aber da gab es auf seiner inneren Bühne noch einen andern, der sprach halblaut aus den Kulissen heraus, jedoch laut genug, um die Monologe seines edlen Hauptdarstellers zu stören.

41

Bist du nicht auch schon melancholisch geworden bei der Aussicht, dass deine nächsten zwanzig Jahre vorprogrammiert sind, bis aus deinen zwei kleinen Monstern große Monster geworden sind, denen du auch noch das Studium bezahlen musst? Wieso sollst du nicht etwas zugut haben, nur für dich allein? Eine Heimlichkeit? Hat doch Spaß gemacht, oder etwa nicht? Stimuliert auch die Beziehung, wie du gesehen hast. Kein Mensch ist zu 100 Prozent gut und stark und verlässlich, und Monogamie gibt es nur bei den Bergdohlen.

Dann ahmte der andere das Krächzen der Vögel nach, um ihn zu verspotten, und Manuel glaubte es tatsächlich zu hören, musste sich mit der Faust an die Stirn schlagen, um sich zu vergegenwärtigen, dass er an seinem Pult saß, nachdem der letzte Patient gegangen war.

Wovon der andere nicht sprach, war das Kind, um das es Eva ging, das war ihm offenbar egal, aber Manuel wusste, dass gerade das das Entscheidende war, das man nicht ausblenden durfte.

Im Basler Telefonbuch hatte er keine Eva Wolf gefunden; er hatte schon erwogen, sich bei der Tagungsleitung nach der Dolmetscherin zu erkundigen, hatte es aber wieder verworfen, da ihm kein unverdächtiger Vorwand in den Sinn kam. Es blieb ihm nichts anderes übrig als zu warten, bis sich Eva wieder melden würde.

Als der Anruf kam, war er gerade dabei, dem letzten Patienten des Tages einen Propf aus dem Ohr zu spülen. Er tat dies mit der Klistierspritze, deren konzentrierter Wasserstrahl mit großem Druck durch die Kanüle ausgestoßen wurde und gewöhnlich das verkrustete Ohrenschmalz beim ersten Mal schon löste. Dabei bat er den Patienten, die Nierenschale zum Auffangen des Wassers und des Gehörgang-inhalts selbst unter das Ohr zu halten.

»Moment, bitte«, sagte er, als das Telefon nicht aufhörte zu klingeln, und ging, die leere Spritze in der rechten Hand, zum Pult.

»Ist es dringend?« fragte er Frau Riesen, als er den Hörer abnahm.

»Ja«, sagte diese, »eine Frau Wolf.«

Manuel drückte auf die Null-Taste und meldete sich mit »Ja?«

»Ich bin's, Eva.«

»Sagen Sie, kann ich Sie zurückrufen? Ich bin am Behan-deln.«

»Nicht nötig, ich wollte Ihnen nur sagen, es hat ge-klappt.«

»Aber –«

»Keine Angst. Ich verabschiede mich aus Ihrem Leben. Sie werden nichts mehr von mir hören. Und ich bin Ihnen sehr dankbar.«

Die Spritze fiel zu Boden und rollte etwas vom Pult weg. Manuel machte zwei Schritte und bückte sich mit dem Hö-rer in der Hand nach ihr, der Telefonapparat kippte über die Tischkante und fiel ebenfalls hinunter, und aus der Muschel ertönte das Besetztzeichen.

Manuel erhob sich und schaute seinen Patienten an, ei-nen Lokomotivführer, der immer noch die Schüssel mit dem Ausgespülten unter sein Ohr presste und ihn verwundert an-blickte.

»Kann ich das wegnehmen?« fragte er.

»Ja natürlich«, sagte Manuel, »entschuldigen Sie.«

Er klemmte den Hörer zwischen Ohr und Schulter, las das Telefon auf und stellte es auf das Pult. Dann drückte er die Eins und fragte seine Praxishilfe, ob Frau Wolf noch dran sei. Sie war nicht mehr dran.

»Wenn sie nochmals anruft, stellen Sie sie durch, bitte.«

Sie rief nicht mehr an.

Manuel hob die Spritze vom Boden auf und legte sie auf den Instrumententisch.

Der Lokomotivführer hatte die Schüssel vor sich auf den Knien und starrte auf die schwimmenden Schmutzreste, die ihm das Gehör verstopft hatten.

»Muss ich etwa die Ohren besser putzen?« fragte er.

»Nein, Herr Rebsamen, Ihr Gehörgang ist einfach ein bißchen gewunden«, hörte Manuel Herrn Dr. Ritter sagen. Dann sah er zu, wie Dr. Ritter dem Patienten nochmals den Trichter ans Ohr setzte, hindurchschaute und ihn fragte, ob er jetzt besser höre, und ihn ermahnte, wieder zu kommen, wenn er merke, dass sich erneut ein Propf bilde. Er stand auch dabei, als sich der Ohrenarzt mit seiner lächelnden Praxishilfe kurz wegen eines Berichts für die Invalidenversicherung und wegen des morgigen Tages besprach und sie dann in den Abend entließ.

Dann fand er sich am Pult sitzend, das Kinn auf die Hände gestützt. Er starrte auf die Reproduktion des Genferseebildes von Hodler, das an der Wand hing. Hinter dem See erhob sich der Montblanc aus den Wolken.

Ein leises Geräusch gleich vor ihm, auf dem Tisch, und noch eins. Etwas war auf den Patientenbericht gefallen. Er blickte auf das gelbe Papier und sah die zwei Tropfen.

Er nahm sein Taschentuch hervor und trocknete sich die Augen.

Hatte er je geweint, als Erwachsener?

Doch, damals, als Majas Hochzeitsanzeige kam.

Und nun wieder wegen einer Frau. Er zweifelte nicht daran, dass er sie nie mehr sehen würde. Diese Frau wusste zu genau, was sie wollte, und ging keine Kompromisse ein.

Er hingegen merkte nun, dass er sie unglaublich gern wiedergesehen hätte, und er vermochte nicht zu sagen, warum.

Er starrte auf die Liege hinüber, die er das letzte Mal benutzt hatte, als es einer Patientin schlecht geworden war. Wie seltsam, dass hier etwas derartig Leidenschaftliches passiert war. Und wie schrecklich, dass es derartige Folgen hatte. Er würde Vater eines Kindes, das er nie zu Gesicht bekäme und dessen unbekannte Halbgeschwister Thomas und Mirjam wären.

Und jetzt? Eva suchen? Für einen Privatdetektiv wäre das bestimmt ein Leichtes. Aber dann? Sie zur Rede stellen? Und weswegen? War er nicht einverstanden gewesen? Also das mit ihr fortsetzen, was er angefangen hatte? Da war etwas, das verlangte nach Nähe. Sie hatten sich nicht einmal geduzt während der Umarmung, so fremd waren sie sich geblieben. Nein, nicht erfüllen, die Sehnsucht, sagte sich Manuel, aber behandeln, und er wusste, dass es nur eine Behandlung gab: er musste sie abtöten, wie einen Bakterienherd. Gäbe es ein Antibiotikum gegen Gefühle, er würde es schlucken. Zweimal täglich.

Und Julia? Musste er ihr alles offenlegen?

Für einen solchen Fall war Manuel nicht ausgebildet.

In seiner Familie war alles unternommen worden, um offene Gespräche zu vermeiden. Als sich eine Schwester seines Vaters scheiden ließ, wurde das vor ihm und seinem Bruder so lange wie möglich geheim gehalten. Onkel Bernhard sei beruflich im Ausland, hieß die offizielle Sprachregelung. Erst als Manuel einmal hörte, als Zehn- oder Elfjähriger, wie seine Mutter am Telefon mit Tante Erna über die Scheidung sprach, sagte sie ihnen die Wahrheit, stockend und ungern, das Geständnis einer Schande. Aber auch das hatte keinen Klimawandel in der Gesprächskultur herbeigeführt.

Ob seine Eltern während ihrer Ehe je Liebesgeschichten gehabt hatten? Beide lebten noch, waren über siebzig, aber es war für ihn undenkbar, sie nach so etwas zu fragen.

Manuel suchte nach irgendetwas Positivem.

Wenigstens ging es der Schädelbruchpatientin wieder gut; das Verfahren wegen fahrlässiger Körperverletzung war eingestellt worden, und die Unfallkosten hatte die Versicherung des Mädchens zu tragen.

Diese Geschichte war also abgeschlossen, aber was war das schon gegen die andere, viel schwerer wiegende, die erst angefangen hatte.

Manuel atmete tief ein.

In seinen Ohren begannen die Bergdohlen wieder zu krächzen.

Er wusste nicht, wie es weitergehen sollte, er wusste nur, dass etwas Unwiderrufliches geschehen war.

8

Wie rasch der Sommer gekommen war.

Manuel und Julia hatten für drei Wochen die Ferienwohnung in Pontresina gemietet, die einem Bündner Kollegen Manuels gehörte.

Sie lag am Hang hinter der Kirche, das Parterre war durch die Familie des Kollegen belegt, wenn sie da war, und der erste Stock wurde vermietet. Sie fühlten sich wohl in den sonnigen, großzügigen Räumen und gingen sommers und winters hin.

Vor ein paar Tagen waren sie angekommen, Manuel musste nach zwei Wochen wieder zurück, er wollte die Praxis nicht zu lange schließen, Julia blieb mit den Kindern eine Woche länger.

Heute Morgen war er um halb vier Uhr aufgestanden, hatte sich einen Tee gemacht, war dann den Zickzackweg neben dem Sessellift hinaufgegangen und hatte den Piz Languard bestiegen, während gegenüber die Reihe der Berggipfel vom Licht der Morgensonne immer heller wurde und die scharfe Kante des Biancogrates wie eine Adlernase vom Gesicht des Piz Berninas abstach. Aus der Berghütte unterhalb des Gipfels war schon Rauch aufgestiegen, er war eingetreten und hatte einen Kaffee getrunken, und zwei Stunden später war er wieder in der Ferienwohnung, wo Thomas immer noch im Schlafanzug auf dem Boden herumrutschte und aus seinen Legos eine Burg baute, während Mirjam neben Julia im

Kinderstühlchen am Tisch saß, die Nuckelflasche in beiden Händen, und »Mam!« rief, als er eintrat. Das war das einzige Wort, das sie kannte, es stand für alles Wichtige im Leben, Mutter, Vater, Essen, Trinken, Hallo und Ade. Julia, die Linguistin, nannte es eine Einwortsprache und wartete mit Spannung auf deren Zellteilung. Sie war überzeugt, dass Mirjams zweites Wort ihrem Bruder gelten würde.

Das waren Tagesanfänge nach Manuels Geschmack: ganz allein einen Dreitausender vor dem Frühstück, und dann zurück zur Familie. Er war kein Alpinist, aber er fühlte sich gut in den Bergen. Beim Wandern hoch oben war ihm manchmal, als habe er sich selbst im Tal zurückgelassen, und es gehe ein anderer an seiner Stelle.

Zu Beginn seines Studiums war er ein paarmal auf Hochtouren mitgegangen, mit einem Freund, der dafür sorgte, dass er sich mit den richtigen Knoten anseilte und die Steigeisen korrekt anschnallte, doch als dieser im Winter auf einer Skitour in einer Lawine ums Leben kam, verging ihm die Lust aufs Hochgebirge, und seit Thomas zur Welt gekommen war, war er etwas ängstlicher geworden. Heute allerdings hatte er sich angesichts der gleißenden Bergkette gegenüber gefragt, ob er sich nicht beim hiesigen Bergführerverein für eine Besteigung des Piz Palü anmelden könnte, die zweimal in der Woche angeboten wurde. Wenn er die Verantwortung an einen Führer abgeben konnte, schien ihm das Risiko vertretbar.

»Und, wie war's?« fragte Julia.

»Wunderschön.«

»Möchtest du noch etwas frühstücken?«

Das Morgenglück nahm kein Ende. Er setzte sich also an

den Küchentisch und wurde mit einem zweiten Kaffee und Puschlaver Roggenbrot für eine Leistung belohnt, zu der ihn niemand und nichts verpflichtet hatte, kein Praxisstundenplan, keine Patienten, keine Notfälle.

»Du solltest das auch mal machen«, sagte Manuel.

Julia lächelte.

»Sicher nicht dieses Jahr.«

Sie fühlte sich, seit sie nach Mirjams Geburt ihr Schulpensum wieder aufgenommen hatte, manchmal so müde, dass sie zweifelte, ob sie je wieder zu ihrer früheren Frische zurückfinden würde. Mirjam war nachts oft unruhig und weckte dadurch ihren Bruder, der im selben Zimmer schlief und nachher weniger gut wieder einschlafen konnte als die Einjährige, und häufig ging die Nacht so aus, dass Thomas zwischen Manuel und ihr im Bett lag, wenn sie erwachten. Erziehungsstandpunkte wurden ihr entgegengehalten, wenn sie die Rede darauf brachte, das sei falsch, mahnte sie ihre Mutter, der Kleine werde zu sehr verwöhnt damit. Tatsächlich konnte sich Julia nicht daran erinnern, dass sie als Kind je bei ihren Eltern im Bett gelegen hatte. Aber eigentlich bedauerte sie das, denn es passte zum Mangel an Zärtlichkeit, der ihre ganze Kinderzeit durchzogen hatte.

Und eine ältere Kollegin mit drei Kindern hatte ihr, als sie einmal mit ihr darüber sprach, gesagt, das sei dummes Zeug, sie solle sich doch freuen darüber, diese Zeit gehe nur zu schnell vorbei, und dann kämen die Kinder nicht mehr. Damit hatte sich Julia zufrieden gegeben. Manuel schlief, wenn er einmal eingeschlummert war, wie ein Stein, sie mochte ihn auch nicht wecken nachts, wollte ihn schonen, damit er seinem Praxisbetrieb gewachsen war, doch sie selbst konnte auch nicht halbe Nächte lang neben Thomas' Bettchen sitzen und ihn beruhigend streicheln.

Manuel hatte schon vorgeschlagen, sie sollten ein Au-pair-Mädchen suchen, wie es andere Doppelverdienerpaare auch taten, aber Julia konnte sich nicht dafür erwärmen, sie hatte den Verdacht, sich damit noch ein drittes Kind aufzuhalsen, die waren ja alle sehr jung, und man konnte nicht im Ernst von ihnen verlangen, dass sie nachts um ein Uhr aufstanden, um einem heulenden Kind beizustehen, von dem man gewöhnlich nicht einmal wusste, warum es heulte.

So hatten sie sich mit Babysittern beholfen, wenn sie abends ausgehen wollten, Barbara, die Tochter einer Nachbarsfamilie, kam gerne, sie ging noch zur Schule und wollte Kindergärtnerin werden. Ganz ruhig war Julia allerdings nie. Einmal, als sie nach Hause kamen, saß Barbara verzweifelt im Wohnzimmer, mit Thomas auf den Knien, der mit blau angelaufenem Gesicht keuchte und hustete. Es war sein erster Pseudokruppanfall, Manuel war damals so erschrocken, dass er alles vergaß, was er darüber wusste, und einen Kollegen anrief, der Kinderarzt war. Der empfahl ihm, den Kleinen heiße Dämpfe inhalieren zu lassen, sie gingen mit ihm ins Badezimmer und ließen so lange heißes Wasser in die Wanne laufen, bis ein Saunanebel durch den Raum waberte, und tatsächlich atmete Thomas nachher wieder ruhiger.

Der nächste Anfall ereignete sich dann bei Julias Mutter, welcher Manuel für diese Fälle ein krampflösendes Zäpfchen mitgegeben hatte, aber sie sagte ihnen am andern Tag, sie habe Thomas einen Löffel mit geschmolzener Butter und Zucker gegeben, das habe schon bei Julia und deren Bruder geholfen und habe auch bei Thomas gewirkt. Manuel hatte

50

sich etwas geärgert darüber, denn er misstraute den barfuß-
medizinischen Hausrezepten. Als er aber einmal spät nach
Hause kam, fand er Julia mit Thomas in der Küche, und sie
erzählte ihm lächelnd, dass sie soeben einen Pseudokrupp
mit einem Löffel geschmolzener Butter und Zucker zum Er-
liegen gebracht habe. Manuel war irritiert, weil er sich nicht
vorstellen konnte, was die heilende Wirkung von heißer
Butter in Kombination mit Zucker ausmachte, aber als Julia fragte, was ihm wichtiger sei, ob es seinem Kind gut gehe
oder ob er verstehe, warum es seinem Kind gut gehe, gab er
sich geschlagen.

»Wir wollten doch picknicken gehen«, sagte Julia, »magst
du noch?«

»Natürlich«, sagte Manuel.

Eine Stunde später waren sie als Darsteller einer glück-
lichen Familie ins Val Roseg unterwegs, Mirjam im Traggestell auf Julias Rücken, Thomas abwechselnd im Buggy, den Manuel stieß, oder davor, ihn selbst stoßend, oder
auf Manuels Schultern. Sie gingen über die Brücke, unter
der tief unten der Berninabach durchgurgelte (»Siehst du
den Bach, Thomi?« – »Du hältst ihn gut fest, gell Manuel?«), stiegen dann durch den Lärchenwald zu einer Lich-
tung hoch, in der im Sommer jeden Vormittag ein kleines
Kurorchester auftrat, dessen Musiker tapfer versuchten, die
Mischung aus Populärem und Gefälligem über der Grenze
ihres Selbstwertgefühls zu halten. Walzerklänge begleiteten
sie, als sie behutsam am Pavillon und den Zuhörern vorbei-
gingen, die auf Bänken verstreut waren und, den Programm-
zettel in der Hand, lauschend in die Baumwipfel oder auf den
weichen Waldboden blickten.

Thomas blieb lange stehen und blickte zu den Musikern.

»Musig!« sagte er laut, so dass einige aus dem Publikum ihre Köpfe zu ihm drehten.

»Pscht!«, sagte Manuel und versuchte ihn weiterzuziehen.

Thomas protestierte. »Toma Musig!« rief er.

Weitere Köpfe drehten sich.

»Ja«, flüsterte Manuel, »schöne Musik, ganz still zuhören.« Fragend blickte er zu Julia und wies auf eine freie Bank.

Julia nickte, und sie setzten sich, Julia auf die Kante der Bank, damit sie Mirjam in der Rückentrage lassen konnte.

Manuel nahm Thomas zu sich auf die Knie.

Die Walzerklänge schwollen an, die Donauwellen von Johann Strauß wahrscheinlich, und Manuel und Julia waren erleichtert, als keine weitere Störung aus ihrer Mitte auftrat und Thomas beim einsetzenden, eher dünnen Applaus kräftig mitklatschte.

Als Julia bekannt gab, sie wolle jetzt weitergehen, gab Thomas bekannt, er wolle hier bleiben. Manuel und Julia einigten sich, noch während des nächsten Stücks zu bleiben, es war der Sommer aus Vivaldis »Vier Jahreszeiten«.

»Mam!« rief Mirjam während des Violinsolos im langsamen Satz.

»Sie will weiter«, sagte Julia leise zu Manuel, »ich geh schon voraus.«

Als sie so unauffällig wie möglich aufstand, verlangte Thomas »Mama wart!«

»Pscht«, sagte Manuel, »Mam!« rief Mirjam erneut und dringender, und Julia bedeutete dem Kleinen, sie würde weiter vorne auf ihn warten. Das konnte dieser nicht verstehen.

52

»Mama da wart! Musig!« sagte er laut und klammerte sich an Julias Hosenbein. Die schmächtige Geigerin brachte ihre Kantilene mit einem Seitenblick auf den Unruheherd zu Ende, und das Orchester eröffnete das Sommergewitter des letzten Satzes.

Seufzend erhob sich Manuel, nahm Thomas an der Hand, und während dieser mit kräftiger Stimme und zum Missfallen des mehrheitlich älteren Publikums ringsum auf dem weiteren Genuss der Musig beharrte, entfernte sich das Grüppchen in einer »Mam!Musig!Pscht!«-Wolke langsam aus der Klassik im Lärchenwald.

»Vielleicht sollten wir Thomas einmal ein paar klassische Kassetten kaufen«, sagte Manuel, als sie später weiter hinten im Tal auf einer Bank am Wegrand die Brötchen aßen, die Julia vorbereitet hatte. Mirjam saß auf einer Decke im Gras und spielte mit Arvenzapfen, die ihr Thomas brachte.

Julia sagte, auch sie sei beeindruckt gewesen vom Interesse des Kleinen vorhin, sie könne sich aber genauso gut vorstellen, dass es das Ereignis an sich gewesen sei, das ihn fasziniert habe, und ja, versuchen könne man das schon.

Musikalisch gehörte sie zu den klassikgeschädigten Menschen, da sie als Kind zum Geigenspiel gezwungen worden war, bei einem Lehrer, den sie hasste, weil er sie so oft wie möglich berührte, wenn er ihr die richtigen Handstellungen bei der Bogenführung und beim Aufsetzen der Finger auf dem Griffbrett erläuterte. Die Art, wie er jeweils direkt hinter ihr stand und ihre rechte Hand mit dem Bogen mitführte, erfüllte sie noch in der Erinnerung mit Ekel, und der aufdringliche Duft von »Pitralon«, einem damals gängigen Rasierwasser, das auch das seine war, war ihr so zuwider, dass

53

sie später Giuliano, der es ebenfalls benutzte, eine teure Flasche eines andern Aftershaves schenkte, weil sie ihn sonst buchstäblich nicht riechen konnte.

Aber eigentlich war sie musikalisch, sie sang gerne, hörte auch gerne Gesang, und wenn sie sich eine Platte kaufte, dann am ehesten von den italienischen Cantautori wie Branduardi und Lucio Dalla oder Sängern wie dem Argentinier Atahualpa Yupanqui. Auch Georges Brassens hatte es ihr angetan; als er unlängst mit 60 Jahren an Krebs gestorben war, hatte sie das Lied »J'aurais jamais dû m'éloigner de mon arbre« aufgelegt und plötzlich geweint, als hätte sie einen engen Freund verloren.

Die Arvenzapfensammlung, mit welcher Thomas Mirjam versorgte, wuchs, und da die Kinder so friedlich spielten, zog Julia ein Taschenbuch mit Novellen von Giovanni Verga hervor, das sie bei sich hatte, und Manuel streckte sich einen Moment im Gras unter dem Schatten einer Lärche aus und schlief sofort ein.

Er erwachte vom ersten Donner. Sonne und Himmelsbläue waren verschwunden, hinten im Tal drängten sich dicke schwarze Wolkenballen, und schon fuhr ein Blitz bis auf den Talboden hinunter. Sekunden später rollte der Donner heran, und nun begannen Manuel und Julia ihre Sachen einzupacken, Thomas wurde in den Kinderwagen gesteckt, Mirjam in das Traggestell, die Decke zusammengerollt und im Rucksack verstaut, aus dem Manuel die Windjacken und Kinderregenhüte herausgenommen und verteilt hatte, und dann eilten sie mit langen Schritten der nächsten Brücke über den Bach zu, Thomas wurde in seinem Buggy hin und her gerüttelt, wenn Manuel einer Wurzel ausweichen musste oder

sonstwie die Unebenheiten des Fußweges zu meiden versuchte, Mirjam hüpfte auf Julias Rücken auf und ab, beide
Kinder begannen zu heulen, der Wind wirbelte in die Baum-
kronen der Lärchen, die Blitze und der immer dichter darauf
folgende Donner trieben sie und andere Spaziergänger tal-
wärts, schoben sie fast vor sich her, und gerade als sie einen
Stall erreichten, brach der Gewitterregen über sie herein,
sie konnten sich nur unter das kleine Vordach stellen, aber
da der Regen fast horizontal auf sie zugepeitscht wurde, war
dieser Standort eigentlich sinnlos. Trotzdem blieben sie hier
stehen, weil sich das Gewitter nun zuckend und krachend direkt über ihnen entlud. Julia nahm die durchnässte Mirjam
aus der Trage und drückte sie an sich, Manuel hob Thomas
aus dem Buggy und hielt ihn auf seinen Armen, und während
sich die Kinder etwas beruhigten, fragte er Julia, ob sie denn
das Gewitter nicht habe kommen sehen.

»Es tut mir leid«, entgegnete sie, »die Geschichte war so
spannend.«

»Wovon handelt sie denn?«

»Von einer Liebe, von der der andere nichts weiß.«

Manuel erschrak und beschloss im gleichen Moment end-
gültig, Julia nichts von dem zu sagen, was passiert war. Warum auch? Es ging ja.

9

Im Mai 1984 traf der Brief ein.

Frau Lejeune hatte ihn mit einem gelben Klebezettel versehen, auf den sie »privat!« geschrieben hatte, und ihn zuoberst auf die eingegangene Post gelegt, die sie jeweils vorsortierte in Untersuchungsberichte, Patientenüberweisungen, Rechnungen, und das stetig wachsende Häuflein von Werbung für Pharmazeutika und medizinische Artikel. Da lag er, auf dem Laborbefund einer Biopsie, war in einer schönen, etwas ausgreifenden Handschrift adressiert an Dr. M. Ritter priv., und als ihn Manuel zwischen zwei Konsultationen auf dem Tisch des Praxisbüros liegen sah, steckte er ihn in die Tasche seines Kittels. Er hatte die Schrift noch nie gesehen, wusste aber sofort, zu wem sie gehörte. Die Anfangsbuchstaben seines Namens waren mit langen, ganz leicht eingerollten Aufstrichen geschrieben, die wie die Fühler eines Insekts in die Zeile mit dem Straßennamen hingen.

Er wartete, bis er seinen letzten Patienten am Mittag verabschiedet hatte, dann setzte er sich auf die Kante seines Pultes, nahm den Brieföffner mit der Aufschrift »Ciba-Geigy« zur Hand und machte den Brief auf.

Als erstes kam ihm ein Foto entgegen. Eine lachende Frau mit einem roten Stirnband hielt vor sich auf den Knien einen Säugling, der mit großen Augen staunend in die Kamera blickte und auf dessen Kopf sich ein kecker kleiner Haarschopf aufrichtete.

Auf einer Briefkarte stand:

Danke!
Und liebe Grüße
von
Mutter und Tochter

Ein leichtes Schwindelgefühl erfasste ihn, er ging um das Pult herum und ließ sich auf seinem Stuhl nieder. Eine Tochter also. Seine Tochter. Konnte das sein? Er hatte schon eine und brauchte keine zweite. Aber offenbar war es so, da gab es wohl keinen Zweifel. Kein Name, auch vom Kind nicht, nur »Mutter und Tochter«. Er drehte den Umschlag um. Natürlich auch kein Absender. Vorne der Poststempel »4000 Basel 2 – Briefversand« und ein Fahnenstempel mit der Aufschrift »Ein Postcheckkonto erleichtert Ihren Zahlungsverkehr«. Zwei Briefmarken, eine rote 40er »Pro Juventute« mit einem Schaukelpferd drauf, und eine 10er aus dem Briefmarkenautomaten. Das ergab zusammen die erforderlichen 50 Rappen, welche die Post seit Anfang des Jahres für einen Brief verlangte, anstelle der 40 wie bisher.

Basel 2, Briefversand, das musste die Hauptpost sein, aber eigentlich hieß das nicht einmal, dass sie in Basel wohnte, schließlich wurden Bekennerschreiben auch auf Hauptpostämtern eingeworfen.

Manuel erschrak, als er merkte, dass er dabei war, Eva Wolf zu suchen. Warnschriften liefen durch seinen Kopf: Nicht suchen, diese Frau! Vergessen, diese Frau! Aus dem Kopf schlagen, diese Frau!

Er schaute das Foto wieder an. Unverschämt gut sah sie

aus. Keine Frage, dass sie glücklich war, sie wies ihr Kind vor wie eine Beute, die sie dem Leben abgetrotzt hatte. Und das Kind? Zu seiner Beruhigung konnte er keinerlei Ähnlichkeit mit sich selbst erkennen. Thomas etwa hatte angeblich genau seine Augen. Wenigstens war ihm das erspart geblieben, dass irgendwo eine Kopie von ihm herumlief.

Und woher wusste er überhaupt, dass das Baby von ihm war? War das der ganze Beweis, ein anonymer Brief mit einem Foto? Der Gedanke irritierte ihn, er hörte wieder den andern sprechen: Sie ist ein Luder, sie wirft sich jedem an den Hals, nach dir kam der Nächste dran, ihr Kick ist das Männerverführen unter schwersten Bedingungen, dieses Kind hat mehr als einen Vater, und du bist keiner davon.

Manuel schloss die Augen und ließ sich nochmals die damalige Szene durch den Kopf gehen. Es war nicht einfach ein Schritt ins Unbekannte, es war ein Sprung ins Unmögliche gewesen, er hatte nicht gehandelt, es war mit ihm geschehen. Und wieso hatte er das mit sich machen lassen? Weil die Frau genau das wollte, was sie gesagt hatte. Ein Kind. Und nun hatte sie es. Und er hatte es nicht. Aber es war von ihm, davon war er überzeugt. Diese Frau hatte nicht Theater gespielt, dazu hatte sie zu viel Format.

Der Brief hier war das letzte Zeichen, das er von ihr erhalten würde, es war die endgültige Erfolgsmeldung, die sie ihm noch schuldig war, aber ab jetzt würde sie ihn aus dem Spiel lassen. Er wusste, dass er sich auf sie verlassen konnte und dass sie auch nicht eines Tages noch mit Forderungen käme.

Diese Sicherheit beruhigte und bedrückte ihn zugleich. Es beruhigte ihn im Hinblick darauf, was er sich letzten Sommer vorgenommen hatte, nämlich Julia nichts zu sagen und das alles als Teil seines eigenen Lebens zu betrachten, das niemanden sonst etwas anging. Es gab ja auch andere Themen, über die sie nicht miteinander redeten, gerade im sexuellen Bereich. Über Selbstbefriedigung etwa hatten sie nie gesprochen, das war ja etwas, was man mit sich selbst machte und das somit zum ausschließlich Eigenen gehörte. Allerdings hatte er vor einem Jahr nicht einfach sich selbst befriedigt, sondern auch eine andere Frau, und zwar in einem Maß, das gerade jene Folgen hatte, die man bei einem Seitensprung gewöhnlich zu verhüten trachtete. Auch das war ihm rückblickend unbegreiflich, dass er sich ungeschützt mit einer unbekannten Frau eingelassen hatte. Was, wenn sie ihn mit einer Geschlechtskrankheit angesteckt hätte? Dann hätte es wohl Julia gegenüber kein Ausweichen gegeben. Aber das war ja nun nicht der Fall gewesen. Was der Fall gewesen war, hatte in diesen Brief gemündet, und Manuel blieb dabei, es gab Dinge, die durfte man für sich behalten, und dieser Brief, beschloss er, gehörte dazu.

Dann war aber etwas da, das ihn bedrückte, und das war wohl das, dass er keine Beziehung haben durfte zu diesen zwei Leben, die doch mit dem seinen zu tun hatten, dass er sich nicht nach ihnen umdrehen durfte, sie nicht einmal bei ihrem Namen rufen konnte, denn woher wusste er, das war ihm plötzlich in den Sinn gekommen, woher wusste er, ob die lachende Frau mit dem Stirnband wirklich Eva Wolf hieß? Wer es darauf anlegt, sich unauffindbar zu machen, wäre ja naiv, unter dem eigenen Namen aufzutreten, und diese Frau war nicht naiv, es war ihr durchaus zuzutrauen, dass sie sich von Anfang an getarnt hatte.

Ginge es um einen Mord, wäre eine gute Fahndung sicher in der Lage, die Frau und ihr Kind zu finden, es gab ein Foto, und es gab ein genaues Datum, an dem sie aufgetaucht war, auf jener Tinnitus-Tagung, wo sie aus dem Englischen übersetzt hatte. Höchstwahrscheinlich. Denn auch das schien ihm auf einmal gar nicht mehr so sicher, er hatte sie ja dort nicht gesehen.

Aber es ging glücklicherweise nicht um Mord, es ging eher um das Gegenteil. Da war kein Leben ausgelöscht, sondern eines in die Welt gesetzt worden, und etwas in ihm schrie nach diesem Leben. Gleichzeitig wusste er, dass er die Warnschriften nicht übersehen durfte, die unablässig in seinem Kopf aufleuchteten: Nicht suchen, diese Frau! Vergessen, diese Frau! Aus dem Kopf schlagen, diese Frau!

Und doch, es bedrückte ihn auch, dass er etwas zu verheimlichen hatte, nämlich einen vollständig unerklärlichen Fehler, den er begangen hatte, etwas, das in seinem Lebensplan nicht vorgesehen war. Ein Ausdruck aus seiner Kindheit kam ihm in den Sinn, »e Tolgge im Reinheft«. Der Tintenfleck im weißen, endgültigen Heft, etwas, das man nicht mehr wegbrachte. Seine Mutter hatte ihm das manchmal gesagt, wenn er etwas besonders Verwerfliches getan hatte. Einmal hatte er seinem jüngeren Bruder Max im Streit um irgendeine Nichtigkeit dessen Cellobogen mit solcher Wucht über den Kopf gehauen, dass er zerbrach. Das war zu einem der »Tolggen« in Manuels Reinheft geworden. Ein Cellobogen allerdings war leicht zu ersetzen, solche Tintenflecken verblassten bald wieder.

Dieser hier würde ein Leben lang bleiben. Er schaute das Kind auf dem Foto nochmals an. Seine dunklen Augen blickten in die Kamera mit der einzigen Mitteilung: ich bin jetzt da.

Ein anderer Ausdruck meldete sich, aus seiner Zeit als Assistenzarzt in Lausanne, es war der Ausdruck, mit dem man auf Französisch ein uneheliches Kind bezeichnet: »un enfant naturel«, und dieser Begriff sprach ihm Trost zu. Das war ein natürliches Kind, nicht in erster Linie ein Kind von ihm, sondern ein Kind der Natur, das seinen Weg in die Welt selbst gesucht hatte.

Wer wohl das Foto aufgenommen hatte? Eine Frau oder ein Mann? Ein Mann aus Evas Freundeskreis, der so ganz und gar versagt hatte? Würde das Kind noch zu einem Vater kommen?

Schwer verständlich, dass eine solche Frau keinen passenden Mann finden sollte, und nun, mit einem kleinen Kind, war es bestimmt nicht leichter. Julia behauptete immer, gute Frauen hätten es schwerer, einen Mann zu finden als umgekehrt, vermochte dies aber nicht zu begründen. Dieser Fall wäre eine Bestätigung für ihre These, schade, dass er ihr davon nicht erzählen konnte.

Wie würde er ihr überhaupt begegnen heute Abend?

Mit Erleichterung kam ihm in den Sinn, dass sie zu einem Elternabend an der Kantonsschule musste und dass er es übernommen hatte, die Kinder zu hüten. Bis sie nach Hause käme, hätte er allen Grund, müde zu sein.

Für heute war er also gerettet.

Aber vor ihm lag noch ein Leben, immer konnte er da nicht müde sein.

10

Nun konnte Julia auch nicht mehr schlafen.

Das Bild von Manuel, der mit ihren Briefen an seinem Schreibtisch saß, hatte sie überrascht. War das möglich, dass ihn die neue Liebe seines Sohnes nicht schlafen ließ? Dass sie ihn an seine eigene Liebe erinnerte? So sehr, dass er ihre Spuren suchte? Oder hatte ihn einfach die Vergänglichkeit eingeholt? Die plötzliche Erkenntnis, dass er alt wurde? Was immer es genau war, es waren Gefühle, die ihn umtrieben. Gefühle. Wann hatten sie zum letztenmal über Gefühle gesprochen?

Die Literatur war voll davon, die Gedichte, die Erzählungen, die sie mit ihren Schulklassen las, handelten von nichts anderem als von Gefühlen, von Liebe, von Schmerz, von Trauer, von Verzweiflung, von Eifersucht, von Leidenschaft, von Sehnsucht, von der Einsamkeit des Menschen, von der Frage nach dem Sinn von Leben und Tod.

Qué es la vida? Una ilusión,

Una sombra, una ficción.

Diesen Vers von Calderón hatte sie in der letzten Spanischstunde gebracht, und ihren Schülern hatte er eingeleuchtet wie eine Zeile aus einem Rocksong. Ein Schatten ist das Leben, eine Illusion, eine Täuschung.

Und wie berührend hatten sie nachher über ihre Gefühle gesprochen, ganz unvermutet. Eine Schülerin, die ihren Bruder durch einen Unfall verloren hatte, sagte sogar, sie hoffe immer noch darauf, dass das Leben nur eine Illusion sei, ein böser Traum, aus dem sie irgendeinmal wieder erwache, und dann wäre alles gut.

Y el mayor bién es pequeño,
qué toda la vida es sueño,
y los sueños, sueños son.

Ein Traum sei das ganze Leben, und Träume seien eben Träume, so endet das Gedicht.

Und Manuel und sie? Sie hatten es schön zusammen, zweifellos. Aber solche Gespräche führten sie nie. Warum eigentlich nicht? Vielleicht sollte sie Manuel mehr Gedichte vorlesen. Das von Calderón, und ihn dann fragen, ob er auch manchmal das Gefühl habe, das Leben sei nur ein Traum. Sie war 55, er 59 – wieviel Vorräte an Zukunft hatten sie überhaupt noch?

Sie dachte an die Zeit, als sie ihm die Briefe geschrieben hatte, die er vorhin in der Hand hielt. Sie hatte ein Semester in Salamanca verbracht, etwa ein Jahr, nachdem sie sich kennen gelernt hatten, und Manuel hatte sich vor dieser Trennung gefürchtet. Als er ihr beim Abschied sagte, er hoffe nicht, dass sie einen spanischen Linguisten heirate, war das mehr als ein Scherz, denn sie kannte die Geschichte von Maja.

Tatsächlich machte ihr dort ein Privatdozent den Hof, mit dem sie sogar ein bißchen flirtete, aber es war ihr auch klar geworden, wie sehr sie an Manuel hing, und das musste in ihren Briefen gestanden haben, an die sie sich nicht mehr genau erinnerte. War das schon so lange her? Oder sollte sie ihn bitten, ihr einmal einen dieser Briefe vorzulesen? Hatte sie dort nicht auch Gedichte zitiert? Oder Lieder? Ay, vida mía, ay, mi amor?

Plötzlich hatte sie große Hoffnungen auf einen Gefühls-ausbruch Manuels. Sie waren immer noch ein Ehepaar, das war nicht selbstverständlich, wenn sie ihren Bekanntenkreis und den Manuels durchging. Wie viele wollten es ein zweites Mal versuchen, waren hinter einem größeren Glück her, einem Glück, das sich nach der Trennung oft als Fiktion erwies. Und irgendeinmal waren sie wieder allein und fanden niemanden mehr und riefen dort an, wo sie früher zu Hause waren, und verstanden nicht, weshalb da kein Trost kam.

Manchmal, wenn sie an einem Anlass mit vielen Menschen war, etwa an einem Ärztebankett mit Manuel, und sie alle sitzen sah, gepflegt, respektabel, vernünftig und angegraut, nur funktionstüchtig dank streng geordneten Tagesabläufen in Praxis, Spital und Operationssaal, dachte sie, wie viele klan-destine Glücksritter und Abenteurer wohl dabei sein mochten, und versuchte sie an ihren Gesten zu erkennen, an der Art, wie sie ein Lachsbrötchen in ihren Mund schoben und dabei einen zufälligen Blick auf die junge Frau eines Kollegen warfen, und sie stellte sie sich so lange mit zerzausten Haaren, hinuntergezerrten Krawattenknöpfen und Lippen-stiftspuren im Gesicht vor, bis sie lachen musste. Eigentlich traute sie keinem, und eigentlich hielt sie alles für möglich.

Ob ihr Manuel treu gewesen war all die Jahre? Sie war nicht sicher, und es war heute auch nicht mehr entscheidend. Eine längere Beziehung allerdings wäre ihr nicht entgangen, dessen war sie gewiss, aber einen Ausrutscher traute sie auch ihm zu. Eine Zeit lang hatte sie mit Bestürzung gesehen, wie viele schöne Frauen ihn grüßten, wenn sie zusammen im Theater oder in der Oper waren. Seit er seine Praxis an die Gladbachstraße am Zürichberg verlegt hatte, waren unter seinen Patienten auch bekannte Bühnenleute; Schauspielerinnen, Schauspieler, Sänger und Sängerinnen kamen mit ihren Heiserkeiten und Indispositionen zu ihm, und mehr als einmal war er in der Pause in eine Garderobe gerufen worden, um versagende Stimmbänder zu retten. Da gab es Dankbarkeit und Vertrautheit in Frauenblicken, welche Julia an seiner Seite nur wie eine Statistin streiften.

Als sie einmal von der Premièrenfeier einer Oper nach Hause fuhren, sagte sie ihm halb seufzend, halb schnippisch, sie habe gar nicht gewusst, mit wie vielen Stars er bekannt sei.

»Mein größter Star bist du«, gab er sofort zur Antwort, und es klang, wie manches, was er sagte, sehr leicht, aber auch sehr wahr.

»Oh«, sagte sie nur und legte ihre Hand auf sein Knie, und von dem Moment an beschloss sie, sich über sie beide keine Sorgen zu machen.

Er war, das glaubte sie immer wieder zu spüren, loyal. Er war ein Ritter, kein Glücksritter, und so nannte sie ihn auch, wenn sie etwas von ihm wollte. »Mein Ritter«, sagte sie dann, »ich brauche Ihre Hilfe.«

»Gleich hole ich mein Pferd«, pflegte er zu entgegnen.

Und sie? War sie ihm treu geblieben?

Sie war kein Star, aber sie war eine anziehende Frau. Damals, im Winterklassenlager, in dem sie für eine erkrankte Kollegin eingesprungen war, hatten sie am letzten Abend alle getanzt, auch Lehrer und Lehrerinnen, und auf einmal hatte sie sich so schwerelos und unternehmungslustig gefühlt wie ein junges Mädchen und hatte sich von Guido, dem Mathematiker, derart elektrisieren lassen, dass nachher alles wie von selbst gegangen war auf ihrem Zimmer. Sie hatten sich bloß versichert, dass sie beide verheiratet waren und sich nur diese eine Nacht herausnehmen wollten, und waren dann mit einer Neugier und Ausgelassenheit übereinander hergefallen, die Julia in größtes Erstaunen versetzt hatte.

Es war bei dieser einen Nacht geblieben, weder sie noch Guido machten später einen Wiederaufnahmeversuch, und – sie hatte Manuel nie davon erzählt. Diese Nacht, hatte sie sich gesagt, diese Nacht gehört nur mir, mir allein.

Im übrigen war Manuel ein guter und phantasievoller Liebhaber, und sie hatten den Spaß an den Begegnungen ihrer Körper bis heute nicht verloren. Oder sollte sie sich etwas Hauchdünnes anziehen und nochmals zu ihm hochgehen? Sie verwarf die Idee gleich wieder. Es war schön, wenn er ihre Briefe las, wieso sollte sie dieses Rendez-Vous mit seiner jungen Geliebten stören.

Dass ihn die Liebe seines Sohnes so beschäftigte ...

Thomas war glücklich, ohne Zweifel, und, so Julias Eindruck, er hatte Grund dazu. Anna war jünger als Thomas, sie sprach baseldeutsch und war eine Frau von großer Anmut, eine Frau mit Witz und Charme und einer Leichtigkeit, die ihm, der oft zum Grübeln neigte, nur gut tun konnte. Ihm war vor einem Jahr seine erste langjährige Liebe abhanden gekommen, und eigentlich war sie auch Manuel und ihr abhanden gekommen, denn sie hatte bei ihnen verkehrt, und sie beide hatten Selma ins Herz geschlossen. Als diese dann Thomas bekannt gab, sie habe einen andern Mann kennen gelernt, mit dem sie Neues und Unbekanntes erlebe, und möchte sich probeweise von ihm trennen, wirkte er jedesmal energielos, ja apathisch, wenn er nach Hause

kam. Ihnen schrieb Selma nach einer Weile einen Abschieds-
brief, in dem sie sich kurz dafür bedankte, dass sie so gut aufgenommen worden sei, aber sie habe gemerkt, dass es für sie
noch zu früh sei, um sich fest zu binden. Ein halbes Jahr später heiratete sie ihren Neuen und Unbekannten.

Deshalb beschloss Julia, mit der Sympathie, die sie sofort
für Anna empfand, haushälterisch umzugehen. Wenn wieder
einmal so ein Brief käme, hoffte sie, wäre er dann weniger
schmerzlich. Zugleich merkte sie jedoch, wie schwierig es
war, Zuneigung zu dosieren.

Auch Mirjam, die ebenfalls da gewesen war, hatte Gefallen an Anna, sie kannte sie schon länger. Mirjam besuchte
wie Anna die Schauspielschule in Zürich und lebte mit zwei
Freundinnen in einer Abbruchwohnung. Wenn aber dort zuviel Betrieb und Unruhe war, wie jetzt gerade, kam sie gerne
für ein paar Tage nach Erlenbach zurück, wo ihr Zimmer un-
angetastet auf sie wartete.

Was wohl Manuel über Thomas' neue Freundin dachte?
Er hatte zuerst, was sie sich nicht erklären konnte, fast etwas
erschrocken auf sie reagiert und war ein paarmal in seine lin-
kischen Bewegungen verfallen, die sie an ihm früher so gemocht hatte. Vielleicht musste er sich einfach den Umgang
mit Selma abgewöhnen. Seine Frage nach Annas Eltern allerdings hatte Julia als forsch und voreilig empfunden, so, als
ginge es bereits um Heirat. Nun gut, dafür wusste sie jetzt,
dass Annas Eltern schon früh geschieden waren, dass ihre
Mutter vor vier Jahren an Gebärmutterkrebs gestorben war
und sie mit dem Vater kaum noch Kontakt hatte. Um so er-
staunlicher Annas heitere Art, die nur von einem Menschen
kommen konnte, der bei sich selber war.

Julia musste auf einmal tief aufatmen.

Am liebsten wäre sie sofort zu Manuel hochgegangen und hätte mit ihm über alles gesprochen, hätte ihn gefragt, warum ihn Anna um den Schlaf gebracht hatte und ob er ihr von seinen Seitensprüngen erzählen wolle und ob sie ihm von ihren erzählen solle und ob er sich darauf freue, mit ihr alt zu werden und was er vom Gedanken halte, das Leben sei nur ein Traum und ob sie ihm einen blauen Seidenpiyama kaufen solle und ob er auch manchmal Angst habe, Angst vor dem Tod.

11

Mirjam saß in ihrem Zimmer und hatte ihr Textbuch und ihre Notizen vor sich ausgebreitet. Übermorgen sollten die Proben für ihre Abschlussarbeit beginnen, und sie war immer noch nicht sicher, ob sie ihrem Konzept trauen sollte. Sie war Absolventin der Regieklasse, und ihre Aufgabe war, mit dem zweiten Jahrgang Büchners »Leonce und Lena« zu inszenieren. Sie hatte dafür fünf Wochen Zeit, und sie hatte einige Probleme damit.

Ein Problem war, dass sie das Stück, das Büchner als Komödie bezeichnete, nicht lustig fand. Ein anderes, noch schwereres, dass sie es eigentlich nicht verstand. Ein Prinz und eine Prinzessin sollen, ohne dass sie sich kennen, miteinander verheiratet werden, fliehen beide, lernen sich auf der Flucht kennen, ohne voneinander zu wissen, wer sie sind, kehren verkleidet zurück und werden vom König, der um jeden Preis eine Heirat will, weil er diese bereits verkündet hat, als Maskierte miteinander verheiratet, nehmen die Masken ab, und es zeigt sich, dass sie der Prinz und die Prinzessin sind, deren Hochzeit geplant war. Der Prinz freut sich, die Prinzessin nicht. »Ich bin betrogen«, sagt sie, und das Stück ist zu Ende.

Was mochte einen jungen Autor dazu bewogen haben, eine solche Handlung zu erfinden? Mirjam war jetzt 24, Büchner war 23, als er starb.

Eine Satire auf die deutschen Kleinstaaten sei es, hatte sie in einem Kurzbeschrieb im Internet gelesen. Sie hatte dann versucht, das Stück auf die Schweiz zu beziehen, die ja auch ein Kleinstaat war, und aus dem Idioten von König einen grimmigen Schweizer Bundesrat zu machen, der sich als Autokrat gebärdete, und aus Prinzessin Lena eine Schwarze, über die der Bundesratskönig dann bei der Demaskierung entsetzt wäre, aber irgendwie ging das nicht auf.

Dann hatte sie beschlossen, das Märchenhafte zu betonen. Ihr schwebte als Bühnenbild ein riesiges Buch vor, in dem für jede neue Szene eine Seite umgeblättert würde. Das Buch müsste so beschaffen sein, dass die Schauspieler durch eine Öffnung aus den Seiten heraus auftreten könnten.

Dass das Stück am Anfang von nichts anderem als von der Langeweile erzählt, schien ihr gefährlich. Die Darstellung der Langeweile, befürchtete sie, würde bald selbst langweilig. Deshalb war sie auf die Idee gekommen, die Anfangsdialoge zwischen Leonce und Valerio in einem irren Tempo sprechen zu lassen, während die Szene, in welcher der König auftrat, unendlich langsam gespielt würde.

Ob sie dieses Prinzip durchs ganze Stück beibehalten sollte? Die flüchtigen, schnelllebigen Individuen gegen die Dampfwalze der Staatsgewalt? Oder ob sie das Prinzip nachher umkehren sollte, Prinz und Valerio sprechen langsam, Staatsgewalt spricht schnell? Aber warum?

Prinz, Prinzessin, König, Schloss – früher hatte sie gern über diese Motive phantasiert. Mit 15 oder 16, als sie die Kantonsschule in Küsnacht besuchte, schrieb sie jeden Tag eine Gedichtzeile, und viele davon enthielten Bilder aus der Märchenwelt.

Mirjam stand auf und ging zur Truhe, in der sie als Kind

ihre Spielzeuge und Puppen versorgt hatte und die später der Aufbewahrungsort für ihre Hefte geworden war. Die Truhe war verschlossen, und Mirjam trug den Schlüssel immer bei sich. Mitternacht war vorbei, sie war müde und konnte nicht mehr ernsthaft arbeiten, deshalb wollte sie noch ein bißchen in den Heften blättern, auf der Suche nach ihren versunkenen Königreichen.

Sie hatte sich damals Hefte in verschiedenen Farben gekauft, etwas größer als das A4-Format, mit Umschlägen, die entweder rot, gelb, grün oder blau waren. Mirjam öffnete den Truhendeckel, und da lagen sie. Sie griff sich ein blaues Heft, schlug es auf und las auf der ersten Seite den Satz:

»Ich bin ein Palast.«

Sie erinnerte sich sofort, wann sie das geschrieben hatte. Ihr Vater hatte ihr vorgeworfen, sie kleide sich zu nachlässig und sie gebe nicht Acht auf ihr Äußeres. Sie war gern in Jeans gegangen, die an den Knien zerrissen waren, trug überlange Herrenhemden, die ihr bis über die Pobacken fielen, und zog darüber eine Jacke an. Vor allem das ärgerte ihren Vater, dieses Stück Hemd, das zwischen Jacke und Hose herunterhing. Man könnte meinen, sie käme aus dem Armenhaus, hatte er gesagt. Und da war sie in ihr Zimmer gegangen und hatte diesen Satz geschrieben.

Sie drehte die Seite um.

»Wie viele Zimmer gibt es da, die niemand kennt.«

stand auf der rechten Seite. Die linke war leer.

Sie blätterte weiter und fand Sätze, die sie verwunderten.

»Der König foltert die Prinzessin mit Gesprächen.«

Auch dazu kam ihr der Anlass wieder in den Sinn. Ihr Vater hatte sie gefragt, was sie heute in der Schule gelernt habe, und sie hatte gesagt, dass Hölderlin mit 32 verrückt geworden sei. Er habe Stimmen gehört. Darauf entgegnete ihr Vater, das Hören von Stimmen, die niemand sonst hört, seien Reize, die der Mensch selbst erzeuge und die vom Nervensystem nicht kontrolliert würden oder so ähnlich, jedenfalls verglich er es mit dem Tinnitus, einer seiner Lieblingskrankheiten. Sie hatte dann darauf beharrt, dass Hölderlin die Stimmen wirklich gehört habe, worauf ihr Vater sagte, er habe sie auch wirklich gehört, nur habe er nicht gewusst, dass er sie selbst produzierte, und hätte ihm sein Arzt gesagt, dass er bloß einen Tinnitus habe, wäre er vielleicht nicht verrückt geworden.

Hölderlins Wahnsinn also nichts anderes als ein Fall für den Ohrenarzt? Solche Gespräche hatten sie aufgebracht, weil sie gegen den Vater nicht ankam und vor allem, weil sie das Gefühl hatte, er wolle sie gar nicht verstehen.

»Die Königin fährt ganz allein zur Schule.«

Sie hatte die Mutter immer als berufstätig erlebt. Als Kind hatte sie oft dagegen rebelliert, vor allem wenn man ihr ein Tagesprogramm erläuterte, in der Art von Jetztfahrenwirzuerstzu Mamimami, dortholichdicham Nachmittagwiederabundam Abendgehichmit Papiins TheaterunddannkommtBarbara. Von ihr war ein Ausspruch überliefert, den sie nach einer solchen Ankündigung getan hatte und der zum Familienzitat wurde: »Ich hab am liebsten Tage wie immer.«

Aber als sie älter wurde, gefiel es ihr zunehmend, dass ihre Mutter nicht eine war, die nichts anderes zu tun wusste, als auf sie zu warten, und mit ihr gab es diese Auseinandersetzungen wie mit dem Vater nicht, wahrscheinlich weil sie dauernd mit jungen Menschen in ihrem Alter zu tun hatte.

»Schau, der Prinzessin zarte Zehen – wird sie die Beine jemals spreizen?«

Oh, das war ein gewagter Satz, Mirjam musste lachen und dachte an Roman, den ersten Freund, mit dem sie herumgeknutscht hatte und der so gern mit ihr schlafen wollte und sie schließlich wieder fallen ließ, weil sie sich nicht dazu entschließen konnte.

Die Angst vor AIDS hatte die ersten Liebeserlebnisse nicht einfacher gemacht. Sie hatte sich damals überlegt, ob ein Mann wohl zuerst ein ärztliches Zeugnis mit einem Präservativ vorlegen müsse, bevor man ihn zu seinem Geliebten machte.

Die erste Liebesnacht wurde denn auch ein ziemlicher Murks, sie hatte sich mit Oliver bloß eingelassen, weil sie sich ärgerte, dass sie mit 20 immer noch Jungfrau war. Die Beziehung dauerte nicht lange, wie überhaupt keine der Beziehungen, die sie nachher einging, lange dauerte. Zur Zeit hatte sie gar keine. Der Traumprinz, der zärtlich und männlich zugleich sein musste, war noch nicht vor den Toren ihres Palastes aufgetaucht.

Manchmal rätselte sie über die Ehe ihrer Eltern. Dass zwei Menschen so lange zusammenblieben … Wie war Leonces Stoßseufzer? »Heiraten! Das heißt einen Ziehbrunnen leer trinken.« Trotzdem hatte sie den Eindruck, dass sich ihre Eltern liebten, nicht gerade leidenschaftlich, doch die kleinen Gesten und Zeichen von Zärtlichkeit schienen ihr nicht abgenutzt. Ob ihr Vater eine Freundin hatte? Oder gab es einen heimlichen Geliebten ihrer Mutter? Sie konnte es sich nicht recht vorstellen und merkte, dass ihr schon der Gedanke daran peinlich war.

»Der Prinz, er beugt sich über totgeküsste Frösche.«

Das war Thomas, über dessen Interesse an der Naturwissenschaft sie sich manchmal lustig gemacht hatte. Wie gut, dass er wieder eine Freundin hatte, und wie gut, dass es Anna war. Anna war in der zweiten Schauspielklasse, und Thomas hatte sie durch sie kennen gelernt, auf einem Fest in der Schauspielschule. Mirjam mochte Anna sehr. Sie würde in ihrer Abschlussarbeit die Lena spielen.

Und dann ein Satz, fast am Ende des Heftes, bei dem sie stockte, drei Wörter nur:

»Ich bin ich.«

Das sagte ja der König bei Büchner, genau so. Mirjam nahm das Textbuch und suchte die Stelle. »Wenn ich so laut rede, weiß ich nicht, wer spricht, ich oder ein anderer«, sagt er zuvor. Und dann die Klammer »nach langem Nachdenken«, und dann die Einsicht »Ich bin ich.«

Mirjam war perplex. Ihr blaues Palastheft von damals gehörte direkt in Büchners Königreich. Vielleicht könnte sie für ihre Inszenierung sogar Zitate daraus nehmen und sie in das große Buch schreiben, etwa das von der Prinzessin mit den zarten Zehen oder vom Prinzen mit den totgeküssten Fröschen.

Und die Klammer könnte laut gelesen werden, als Chor sogar von den Höflingen, und den König könnte sie dazu eine pantomimische Groteske des Denkens aufführen lassen. Und die Idee mit der Langsamkeit musste sie auf alle Fälle im Auge behalten, die Langsamkeit der Macht, die sich gemächlich durch die Jahrhunderte walzt und die sich immer durchsetzt.

Auch gegen zwei Menschen, die ihr Leben leben wollen und doch ihrem Schicksal nicht entfliehen können.

12

Anna kam aus der Dusche zurück, warf das Badetuch, das sie um sich geschlungen hatte, auf das Schaffell am Boden, legte ein trockenes Frottiertuch auf die feuchte Stelle des Bettlakens und kroch wieder zu Thomas ins Bett.

»So«, sagte sie und küsste ihn auf sein Ohr, »es ist bestimmt nichts passiert. War ja grad der letzte Tag meiner Periode.«

Sie waren von Erlenbach aus nach Zürich in Thomas' Einzimmerwohnung gefahren, und erst als sie miteinander ins Bett wollten und er in die Schublade des Nachttischchens griff, hatte er gemerkt, dass keine Kondome mehr da waren.

Nun lagen sie nebeneinander unter der Decke, Anna bettete ihren Kopf auf seine Schulter und schaute auf das Poster des Planeten Erde an der Wand vor ihr, das im Kerzenlicht noch größer schien als bei Tage.

»Ein würdiges Ende eines schönen Sonntags«, sagte sie und lachte.

Thomas schnurrte wie ein Kater.

»Du warst eine wunderbare Sonntagsfrau.«

»Achtung«, sagte sie, »gleich wird's Montag.«

»Egal«, sagte er, »ich bin ein Sonntagskind.«

»Ehrlich?«

»Ja. Und du?«

»Weiß ich gar nicht. Hab meine Mutter nie gefragt.«

»Du kannst nur ein Sonntagskind sein.«

»Ach was, ich bin eher ein Montagsmodell.«

»Ein Sonntagskind, glaub mir. Deine Mutter hat bestimmt drauf geachtet.«

»Als ob man das könnte.«

»Warum nicht? Meine Mutter behauptet, sie habe mich zurückgehalten bis nach Mitternacht.«

»Wann bist du denn zur Welt gekommen?«

»Zehn nach zwölf, Sonntag früh.«

Anna lachte. »Da haben wir's. Ein Nachtmensch. Hat sie gut gemacht, deine Mutter. Überhaupt«, fuhr sie dann fort, »feine Eltern hast du, sie sind irgendwie gut drauf, beide.«

»Doch«, sagte Thomas, »wir hatten's eigentlich immer ganz friedlich zusammen.«

»Nie große Kräche? Wegen Kleidern, Ausgang, Mädchen, Schule, Geld?«

»Es geht«, sagte Thomas und merkte, dass es ihm fast etwas unangenehm war. Lieber hätte er jetzt von einem tiefgreifenden Zerwürfnis mit dem Elternhaus gesprochen, das ihn schon immer zum großen Einsamen gemacht habe.

Aber seine Kindheit war von allem Schweren verschont geblieben. Endlose Nachmittage tauchten in seiner Erinnerung auf, an denen er mit Mirjam im Garten gespielt hatte, ich wäre der Vater und du wärst die Mutter und der Panda der Bub und die Puppe das Mädchen, der Panda war faul und gefräßig, die Puppe fleißig und eitel, und später hatten sie Softball gespielt auf der Fläche des Garagendaches, nicht gegeneinander, sondern miteinander, wie lange können wir den Ball hin und her schlagen, ohne dass er runterfällt, er hatte ein Büchlein geführt mit den Resultaten, der Rekord war irgendwo bei 800, und dann war er zu den Pfadfindern gegangen, wo sie Schnitzeljagden gemacht hatten und Postenläufe und Lagerfeuer im Erlenbacher Tobel, in der Schule hatte er keine Mühe gehabt, war auch leicht ins Gymnasium in Zürich gekommen, Rämibühl, sprachlich-literarische Richtung, mit Latein, und jeden Winter ging's zum Skifahren und Snowboarden nach Pontresina in die Wohnung, die seine Eltern gekauft hatten, auch das Haus in Erlenbach gehörte ihnen, und als einmal die Rede davon war, ob sie sich in Feldmeilen ein Grundstück erwerben sollten, um darauf zu bauen, verteidigten sowohl er wie auch Mirjam ihr Haus mit dem Türmchen, das ihnen beiden so gut gefiel. Über dem obersten Erkerzimmer, in dem der Vater sein Büro hatte, gab es noch einen kleinen Estrichraum unter der Schräge des Turmdaches, mit Fensterluken auf den Zürichsee, und das war ein Lieblingsort von Thomas, besonders bei aufziehenden Gewittern, wenn sich die Wolken schwarz und mächtig über dem andern Ufer blähten wie der Geist in der Flasche und unten an den Seeufern die ängstlichen orangen Lichter der Sturmwarnung blinkten und dann die ersten Blitze zuckten und sich das Donnergrollen über den See schob, dann saß Thomas gerne dort oben auf einem alten Überseekoffer und schaute zum Fenster hinaus.

»Hattest du denn Krach mit deiner Mutter?« fragte Thomas.

»Furchtbar«, sagte Anna.

»Worüber?«

»Über alles. Ich glaube, wir passten nicht zusammen. Sie war mir zu ausgeflippt. Arbeitete unregelmäßig, telefonierte stundenlang mit Freundinnen, statt mir bei den Aufgaben zu helfen, ließ das Geschirr stehen, ließ die Wäsche liegen, war eine schöne und attraktive Frau, brachte auch gelegentlich Verehrer nach Hause, von denen aber keiner blieb. Die Spießige war ich. Eigentlich war ich die Mutter und sie die Tochter, und ich fing schon bald an, sie zu kritisieren, und das ertrug sie schlecht.«

Anna erinnerte sich, wie sie einmal, als sie nachts erwacht war und zur Mutter wollte, einen fremden Mantel im Gang hängen sah und es aus dem Schlafzimmer stöhnen hörte. Da schrieb sie auf ein Blatt Papier: »Mami muss mit mir schmusen, nicht mir dir, du Aff«, und legte es auf die Schuhe unter dem Mantel. »Mir« hatte sie rot unterstrichen. Ihre Mutter hatte ihr dann vorgeworfen, der Mann sei nur wegen ihr nicht mehr gekommen und es hätte vielleicht eine Freundschaft daraus werden können. Wenn er wegen so etwas böse werde, werde er sowieso kein richtiger Freund, hatte Anna darauf gesagt.

»Weißt du, was das Schlimmste war, das mir meine Mutter sagen konnte?«

Natürlich wusste es Thomas nicht.

»›Du warst doch mein Wunschkind.‹ Wenn das kam, redete sie nachher mindestens drei Stunden nicht mehr mit mir.«

»Aber dein Vater?«

»Kannte ich nicht wirklich. Sie ließen sich scheiden, als ich zwei war. Meine Mutter bekam das Sorgerecht, und der Vater war wohl froh, dass er sich nicht mit mir abgeben musste. Ich sah ihn zum erstenmal richtig an Mamas Beerdigung.«

»Und?«

»Und nichts. Ich mochte ihn nicht. So traurig wie an dem Abend war ich nie. Die Mutter verloren und den Vater auch.«

»Hätt ich dich doch in die Arme nehmen können«, sagte Thomas und zog sie an sich.

»Du nimmst mich jetzt in die Arme, das ist schön genug.« Thomas kam es plötzlich unwahrscheinlich vor, dass er mit einer so schönen und begehrenswerten Frau im Bett lag.

»Weißt du was?« sagte er, »ich bin glücklich.«

»Weißt du was?« sagte Anna, »ich auch. Aber ich glaube, ich muss jetzt schlafen.«

»Ich werde dich bewachen«, sagte Thomas.

»Da bin ich froh«, murmelte Anna und drehte sich von ihm weg, »aber wehe, wenn du einschläfst dabei.«

Thomas kuschelte sich an ihren Rücken und hielt seinen Arm so über ihr, dass er mit der Hand ihre Haare spürte.

Früher hatte er sich immer so etwas vorgestellt in seinen Phantasien, dass einmal eine Frau mit einem schweren Schicksal Zuflucht bei ihm suchen würde, und er würde dann seine ganzen Kräfte für sie einsetzen. Allerdings hatte er sich die Frau schwächer vorgestellt, schiffbrüchig fast, und er der Retter.

Anna war nicht schwach, im Gegenteil, sie wusste genau, was sie wollte, und sie wusste es auch ohne ihn. Woher nur? Sie war vier Jahre jünger als er. Vor vier Jahren hatte er sein Medizinstudium abgebrochen und sich entschieden, statt dessen Umweltnaturwissenschaften zu studieren. Es hatte viel gebraucht, bis er so weit gewesen war.

Thomas versuchte sich vorzustellen, er wäre nur mit seiner Mutter aufgewachsen, als einziges Kind. Kein Türmchenhaus, kein Erlenbach, keine Mirjam, sondern eine Dreizimmerwohnung in einem reizlosen Außenquartier Zürichs, Schwamendingen oder Oerlikon. Über Mittag im Kinderhort, Winterferien in einem städtischen Schullager im Wallis. Und dann, ein Jahr vor der Matur, wäre seine Mutter an einer qualvollen Krankheit gestorben, und an der Trauerfeier wäre irgendein mürrischer Prokurist auf ihn zugetreten, hätte ihm die Hand gereicht und gesagt: »Ich bin dein Vater.«

Er konnte es nicht wirklich. Aber die Frau an seiner Seite, die bereits tief und regelmäßig atmete, brauchte sich das nicht vorzustellen, sie hatte es erlebt. Nochmals stieg eine Welle von Glück in ihm hoch, dass er ausgerechnet diese Frau lieben durfte und dass sie ihn auch liebte. Dass er sie beschützen wollte, hatte er im Spaß gesagt vorhin, aber es war ihm ernst. Bloß wovor? Hatte sie nicht das Schlimmste schon hinter sich?

Was hätte ihm denn gefehlt ohne seinen Vater? Die Bergtouren, auf den Piz Languard, auf den Piz Tschierva, hätte er die mit seiner Mutter auch gemacht? Seine Mutter ging gerne durch Täler, einen schäumenden Bergbach entlang, über Pässe und dann einen andern schäumenden Bergbach entlang wieder hinunter, aber ein Berggipfel war immer Männersache gewesen, seit Thomas zwölf oder dreizehn gewesen war.

Gespräche konnte er mit seiner Mutter eher besser führen, aber die Ernsthaftigkeit, mit der sein Vater seinen Beruf ausübte, und das Selbstverständliche daran, das hatte ihn immer beeindruckt. Schon bald nach seinem Eintritt in die Kantonsschule gab er seinen Berufswunsch mit Arzt an, es kam ihm einfach nichts anderes in den Sinn. Er wollte auch so einer werden, wie sein Vater einer war. Deshalb hatte er den Moment gefürchtet, als er seinen Entschluss bekannt gab, das

Medizinstudium abzubrechen, und um so überraschter war er über Vaters Reaktion gewesen. Er hatte nur leicht die Augenbrauen gehoben und gefragt: »Du hast also gemerkt, dass dich die Umwelt stärker interessiert als die Medizin?« Als Thomas zur Antwort gab, ja, das sei so, sagte sein Vater bloß: »Dann ist es in Ordnung. Besser du merkst es jetzt als nach deinem dritten Jahr als Assistenzarzt.«

Darüber war die Mutter erschrocken und hatte den Vater gefragt, ob das heiße, dass *er* es dann gemerkt habe, worauf Vater nur lachend gesagt hatte: »Das hättest du nicht gedacht, gell?«

Ob er es ernst gemeint hatte oder nicht, wollte er nicht sagen. Aber er fragte Thomas weiterhin am Ende des Monats, wieviel er brauche, und händigte ihm die paar Hunderternoten aus, ohne von ihm zu verlangen, dass er sein Studium selber finanziere.

Und wenn sein Vater nun wirklich ein anderes Lebensziel gehabt hätte? Er war nicht Professor geworden. Das Publizieren sei ihm immer zuwider gewesen, hatte er einmal gesagt. Auch Chefarzt eines Spitals wäre ein höherer Status gewesen als operierender Belegarzt einer Privatklinik. Thomas nahm sich vor, ihn einmal danach zu fragen.

Aber je länger er über seinen Vater nachdachte, desto unvereinbarer wurde dieser mit einem ausstrahlungslosen Blödmann, der einem bei der Beerdigung der Mutter eröffnete, er sei der Vater. Da musste er sich schon seinen eigenen Vater vorstellen, wie er sich aus der Trauergemeinde lösen würde, auf ihn zukäme, der noch am offenen Grab seiner Mutter stünde, ihm den Arm um die Schulter legen würde, um ihm zu sagen, er sei sein Vater.

Doch auch diese Vorstellung war letztlich undurchführbar, denn so wie sein Vater war, gab es schlicht keinen Grund dafür, ihm ein Leben lang zu verheimlichen, dass er sein Sohn war.

Modelle waren das, Denkmodelle, und dennoch nicht anzuwenden auf das eigene Leben. Er war eben Thomas und nicht Anna.

Aber er liebte Anna.

13

Manuel erwachte, knipste das Licht neben seinem Sofa an und schaute auf die Uhr. Viertel vor vier. Jemand hatte geklopft. Er stand auf, ging zur Tür und öffnete sie. Auf dem Flur war niemand. Auch nicht auf der Treppe zum unteren Stock, von wo das Nachtlicht heraufschien, das sie immer brennen ließen.

»Julia?« fragte er halblaut.

Es blieb still.

Benommen ging er wieder zu seinem Nachtlager zurück. Das Glas auf seinem Tisch war leer. Er hatte zuletzt doch ein Rohypnol geschluckt, es brauchte also ziemlich viel, um ihn zu wecken.

Eigentlich war er sicher, dass es geklopft hatte. Oder hatte er so stark geträumt? Er konnte sich an nichts erinnern.

Er legte sich hin, löschte das Licht und sank sofort wieder in die Schwere seines künstlichen Schlafs.

Kurz nach fünf schoss er auf, weil es erneut geklopft hatte. Als wieder niemand vor der Tür stand, ging er die Treppe hinunter und öffnete leise die Schlafzimmertür.

»Manuel?« fragte Julia verschlafen.

»Pssst«, sagte Manuel, »ich wollte nur sehen, ob du schläfst.«

»Jetzt nicht mehr«, sagte Julia und richtete sich im Bett auf, »was ist?«

»Es hat an meine Tür geklopft«, sagte Manuel.

»Mirjam?«

»Doch nicht um diese Zeit.«

»Wie spät ist es?«

»Fünf vorbei.«

»Vielleicht hast du geträumt.«

»Na dann, bis gleich.« Er schickte sich an, die Tür wieder zu schließen, da sagte Julia:

»Bleib doch bei mir.«

Seltsam, wie wohl ihm dieser Vorschlag tat. Als ob er sich vor dem Alleinsein fürchtete.

»Ich hätte kein Rohypnol nehmen sollen«, sagte er, als er die Decke aufschlug und sich neben Julia legte, »aber wenigstens bin ich gleich wieder weg.«

»Schlaf gut weiter, Lieber«, sagte Julia und streichelte ihm über den Kopf. Wenig später war er eingeschlummert. Julia ging auf die Toilette, und als sie zurückkam, war sie sehr zufrieden, dass sie zu ihrem Mann ins Bett schlüpfen konnte.

Um viertel nach sechs spielte ihr Handy so lange eine aufsässige kleine Orchestermelodie, bis sie aufstand und es ausschaltete.

Das Bett neben ihr war leer.

Im Badezimmer saß Manuel auf dem Rand der Wanne und rasierte sich mit seinem elektrischen Apparat.

»Schon wach?« fragte sie.

»Wach ist zuviel gesagt – geweckt. Es hat wieder geklopft.«

»Ich hab nichts gehört.«

»Da hast du Glück gehabt.« Missmutig streckte er den Kiefer vor und nahm sich die Stelle unter dem Kinn vor.

»Das tut mir leid für dich«, sagte Julia, »gleich gibt's Kaffee.«

Der Morgenkaffee nach einer schlechten Nacht – das rettende Getränk am Ende einer beschwerlichen Flucht durch unbekanntes Gelände. Julia die Rotkreuzhelferin, ermutigend, positiv, teilnahmsvoll.

»Vielleicht hat Mercedes doch recht«, sagte sie.

Mercedes war ihre Putzfrau aus Bolivien, die ihr schon schaudernd erzählt hatte, sie habe von der Küche aus eine fremde Frau durch den Korridor gehen sehen, und ein anderes Mal, als sie im Keller Wäsche aus der Maschine nahm, sei die Frau unter der Tür gestanden, habe ihr zugenickt, habe sich dann umgedreht und sei verschwunden.

Manuel schüttelte den Kopf. »Ich glaube nicht an Geister, im Gegensatz zu Mercedes.«

»Aber vielleicht glauben die Geister an dich«, sagte Julia.

»Was für Geister denn?«

»Klopfgeister«, sagte Julia, »die gibt es doch.«

»Für Mercedes vielleicht«, sagte Manuel, »die läuft mit so etwas im Kopf herum.«

»Die hat sie vielleicht mitgebracht.«

Manuel lachte. »Auch das noch.«

Er hatte sich immer etwas über ihre Putzfrau geärgert, wenn er hörte, was Julia alles für sie tat. Eine Bolivianerin, mit der es nichts als Probleme gab. Ihr Mann schlug sie, bis sie Zuflucht bei der Frauenhilfe suchte und schließlich zu einer Anwältin ging. Nach der Scheidung begann ihr Mann zu verfolgen und ihre zwei gemeinsamen Kinder gegen sie aufzuhetzen.

Obwohl Mercedes noch in drei anderen Haushalten arbeitete, reichte das Geld nicht aus, und sie musste Sozialhilfe haben. Ihr Sohn kam in der Schule nicht mit und wurde in eine Kleinklasse gesteckt – und immer war es Julia, die Mercedes half, die Formulare auszufüllen und die Kontakte herzustellen, sie sprach schließlich Spanisch, und sie sprach es gerne. Gab es ein medizinisches Problem, war Manuels Empfehlung gefragt; es genügte dann nicht, wenn sie von ihm eine Adresse bekam, sondern er musste den Kollegen auch noch anrufen und auf ihren Besuch vorbereiten, und es gab immer wieder medizinische Probleme, die Frau hatte Atembeschwerden, kein Wunder, fand Manuel, und auch kein Wunder, wenn sie Erscheinungen produzierte, kam sie doch aus einer Kultur, in welcher die Geister als Gleichberechtigte zwischen den Menschen lebten. Und nun sollte sie diese Geister eingeschleppt haben wie eine tropische Krankheit und ihn damit angesteckt haben …

Manuel hatte Julia schon vorgerechnet, dass auf vier Stunden, welche Mercedes im Haushalt half, eine Stunde komme, welche sie Mercedes bei ihren Problemen halfen. Aber mittlerweile gehörte sie zur Familie, Julia mochte sie, das wusste Manuel, Mercedes rief sie »Señora Julia«, und ihn nannte sie, wenn sie ihn sah, respektvoll »doctor«, oder, wenn sie sich bei ihm bedankte, überschwänglich »doctorcito«, Doktörchen also, was geradezu riskant familiär war und ein Zeichen dafür, dass sie ihm wieder einmal besonders dankbar war.

»Wenn es nächste Nacht wieder klopft«, scherzte Manuel beim Abschied, »kannst du Mercedes ja fragen, ob sie einen Exorzisten kennt.«

»Fahr vorsichtig«, ermahnte ihn Julia.

»Also gut«, sagte Manuel, »aber nur dir zuliebe.«

Erst als er gegangen war, merkte Julia, dass sie ihn gar nicht gefragt hatte, wie es denn gewesen sei, ihre alten Briefe zu lesen, was sie sich nachts eigentlich vorgenommen hatte. Sie verschob ihr Vorhaben auf den Abend und machte sich ihrerseits für ihre zwei Italienischlektionen bereit.

Manuels Morgen verging rasch, sein Stundenplan war voll, zwei Konsultationen zogen sich etwas in die Länge, so dass es halb eins wurde bis zur Mittagspause. Er aß in der Kantine des Privatspitals, das eine Straße weiter oben lag, einen Salatteller, trank einen doppelten Espresso, um die letzten Rohypnolnebel zu vertreiben, und eilte dann wieder in seine Praxis. Vielleicht war der Brief, den er suchte, nicht zu Hause in Erlenbach, sondern hier. Das wäre auch der logischere Ort.

Aber er fand ihn nicht. Als er die unterste Schublade seines Schreibtisches wieder zuschob, klopfte es.

»Bitte!« rief er. Die Tür ging nicht auf. Er erhob sich und öffnete sie. Im Flur war niemand. Er ging nach vorn zu seiner Praxisassistentin, die auch schon von der Mittagspause zurück war. »Haben Sie geklopft vorhin, Frau Weibel?« fragte er.

»Nein«, sagte sie erstaunt, um dann hinzuzufügen, »Herr Simonett wäre im Fall schon da.«

»Einen Moment noch«, sagte Manuel und ging zurück in sein Sprechzimmer. Er zog den Ordner »Tinnitus I«, der seine persönliche Materialsammlung enthielt, aus dem Büchergestell und blätterte darin, bis er die Unterlagen jener Tagung in Basel gefunden hatte.

Als der Brief auch dort nicht zum Vorschein kam, stellte er den Ordner zurück und ließ den ersten Patienten des Nachmittags kommen, Herrn Simonett, einen 30-jährigen Bankangestellten mit tadellosem Anzug, einer kecken, leicht pomadisierten Frisur und einem Dreitagebart. Nach der Schilderung seiner Symptome schickte er ihn zu Frau Weibel für ein Reintonaudiogramm. Eine halbe Stunde später eröffnete er ihm nach einem Blick auf seine Werte, dass sein Gehör soweit in Ordnung sei und dass es sich bei dem Geräusch eines fahrenden Zuges, das er immer wieder zu hören glaube, um einen Tinnitus handle. Der Tinnitus sei eine Funktionsstörung des Gehörs, dessen Ursachen meist nicht eindeutig zu eruieren seien, er könne spontan auftauchen und auch spontan wieder verschwinden. Ob er möglicherweise, sei es privat oder beruflich, in einer Stresssituation stehe?

Herr Simonett lachte und sagte, wer Stress nicht aushalte, sollte nicht bei einer Bank arbeiten, er sei für Börsengeschäfte zuständig und spreche oft an zwei Telefonen gleichzeitig, und es störe ihn einfach, wenn er plötzlich das Gefühl habe, es fahre ein Eisenbahnzug durch seinen Hörer, und zwar so laut, dass er den andern nicht mehr verstehe, und ob es da nicht irgendein Antibiotikum gebe. Leider, sagte Dr. Manuel Ritter, gebe es keine erfolgversprechende medikamentöse Behandlung des Tinnitus, da es sich in der Regel um Geräusche handle, welche nur der Betroffene selbst wahrnehme, denn er selbst sei es, der die Geräusche erzeuge, beziehungsweise sein Innenohr.

Sein Patient lachte nicht mehr. »Dann muss man operieren?« fragte er.

Das mache man nur, wenn Veränderungen der Gefäße oder der Ohrmuskulatur die Ursache seien, da Herr Simonett aber nicht über Schwindel klage und das Geräusch auch nicht mit dem Puls synchron gehe, sehe es nicht nach einem objektivierbaren, sondern nach einem subjektiven Tinnitus aus, der eben durch eine Art Fehlverhalten des Informationssystems des Ohres entstehe.

Der junge Mann war besorgt. Ob man denn dieses Fehlverhalten nicht korrigieren könne?

Man könne es versuchen, und er würde ihm raten, darüber nachzudenken, ob der dauernde Stress, unter dem er stehe, nicht vielleicht doch zuviel von ihm verlange und ob es allenfalls innerhalb der Bank eine andere Stelle gebe, die ihn weniger belaste.

»Aber mir gefällt der Job!« rief der Mann, und sein Gesichtsausdruck nahm etwas Verstörtes an, »gerade das Tempo, das es braucht!«

Er könne auch nicht auf Anhieb sagen, ob das die Lösung wäre –

Was denn aber die Lösung sei, fragte der Patient, von den Aussagen seines Arztes sichtlich in die Enge getrieben.

Eine Lösung könne z.B. auch darin bestehen, dass man versuche, mit dem Geräusch zu leben und Maßnahmen zu ergreifen, die dazu führten, dass man es nicht mehr als dermaßen störend empfinde.

Wie denn solche Maßnahmen aussähen, fragte Simonett.

Man könne versuchen, dieses Geräusch durch andere Geräusche zu maskieren, also wenn er z.B. neben einer Eisenbahnlinie wohnen würde, würde er ein Eisenbahngeräusch in seinem Ohr weniger befremdlich finden.

Herrn Simonetts Augen weiteten sich. Ob das ein Scherz sei, fragte er.

Keineswegs, sagte ihm Dr. Manuel Ritter, in diese Richtung könnten entsprechende Maßnahmen durchaus gehen. Natürlich könne man sich auch durch Musik im Frequenzbereich der jeweiligen Störung oder durch andere Schalleffekte wie weißes Rauschen ablenken, er werde ihn jedenfalls gerne an einen Kollegen überweisen, dessen Spezialgebiet der Tinnitus sei und wo dann ganz genau abgeklärt werde, was in seinem Fall die Ursachen sein könnten, welche, wie gesagt, durchaus auch psychischer Natur sein könnten, er würde diesem einen kurzen Bericht zukommen lassen, und sein Reintonaudiogramm könne er, Herr Simonett, ihm selbst mitbringen oder er könnte es ihm auch mailen, falls er dies wünsche. Dr. Mannhart sei eine Kapazität auf diesem Gebiet, den er nur empfehlen könne.

Gut, sagte Simonett kleinlaut, gut, dann werde er sich dort anmelden. Er wolle bei der Bank bleiben und könne keine Eisenbahnzüge im Ohr brauchen.

Als der Patient das Sprechzimmer verlassen hatte, mit einem Schritt, der etwas weniger federnd war als beim Eintreten, blieb Manuel einen Moment sitzen und dachte nach.

Da klopfte es an die Tür, genau gleich, wie es schon heute Nacht und am Mittag geklopft hatte, drei schnelle Schläge. Er zuckte zusammen, reagierte aber weder mit einem »Herein!« noch damit, dass er zur Türe ging. Das hätte auch wenig geholfen, denn soeben war ihm klar geworden, woher das Klopfen kam, und er wunderte sich, wieso ihm das nicht früher in den Sinn gekommen war.

Er nahm den Hörer in die Hand, drückte die Nummer eins und bat Frau Zweifel, ihn mit Dr. Mannhart zu verbinden.

14

Also«, sagte Mirjam, »vierter Akt, zweite Szene. Wir drehen eine Seite des großen Buches um, das stünde hier, und auf der linken Seite oben steht ›Ein Garten‹, darunter malt uns Benno einen Garten, der über beide Seiten des Buches geht, Vinz spielt uns ein überbordendes Vogelgezwitscher ein, und nun öffnet sich die Tür in der Seite, und die Gouvernante schiebt Lena auf so 'ner fahrbaren Bahre herein, wie man sie in Spitälern hat. Sie bleibt etwa in der Bühnenmitte stehen, das wäre hier, wo wir diese zwei Bänke hingestellt haben. Würdest du dich mal auf die Bank legen, Anna?«

Anna legte sich so auf die Bank, dass sie mit dem Gesicht zum Publikum gewandt war.

»Ganz schön hart«, sagte sie, »ich muss etwas unter dem Kopf haben.« Sie stand nochmals auf, holte ihren Mantel, rollte ihn zusammen und bettete ihren Kopf darauf.

Die Gruppe, welche das Stück probte, hatte sich in einem der Übungsräume der Schauspielschule versammelt. Nach einer Leseprobe war das die erste szenische Stellprobe, in der Mirjam versuchte, mit den Schauspielern ihr Konzept durchzuspielen.

»Sobald du, Livia, den Wagen durch die Tür geschoben hast, beginnst du, Anna, zu sprechen und sprichst diesen irren Text, und sprich ihn wie eine Irre.«

Anna schloss die Augen und stellte sich vor, sie sei in einer psychiatrischen Klinik interniert. Träumerisch und langsam sagte sie: »Ja, jetzt! Da ist es. Ich dachte die ganze Zeit an nichts. Es ging so hin, und auf einmal richtet sich *der* Tag vor mir auf. Ich habe den Kranz im Haar – und die Glocken, die Glocken!« Das mit den Glocken sagte sie ganz schrill und hielt sich dabei die Ohren zu. Dann warf sie den Kopf hin und her und begann ein Glockengeläute zu imitieren, das immer lauter wurde, bis sie es plötzlich abbrach. Dann hob sie die Hände und sprach: »Sieh, ich wollte, der Rasen wüchse so über mich und die Bienen summten über mir hin.« Sie bewegte ihre Finger und imitierte das Summen von Bienen. Auch das Summen wurde immer lauter und brach dann plötzlich ab. Mit dünner, hoher Stimme sagte sie: »Sieh, jetzt bin ich eingekleidet und habe Rosmarin im Haar. Gibt es nicht ein altes Lied: –«

Dann drehte sie den Kopf zu Mirjam und den andern Schauspielern, die auf Stühlen saßen, und fragte: »Hat denn jetzt jemand dieses Lied gefunden?«

Niemand hatte es gefunden.

»Hat es überhaupt jemand gesucht?« fragte Mirjam.

Es stellte sich heraus, dass es niemand gesucht hatte.

»Ich hol's mal auf dem Sekretariat«, sagte Jean-Pierre, ein dünner Blonder, der den Leonce spielte, »die Szene geht mich sowieso nichts an.«

»Und du meinst, dort liegen Volkslieder herum?« fragte Anna.

»Natürlich, dort liegt alles herum.«

»Aber bald wiederkommen, wir proben gleich den zweiten Akt!« rief ihm Mirjam hinterher.

»Na, da bin ich ja gespannt«, sagte Anna, »ich sing jetzt einfach irgendeine Melodie«, legte sich wieder hin und sang:

»Auf dem Kirchhof will ich liegen

Wie das Kindlein in der Wiegen ...«

Dann unterbrach sie die Gouvernante und sagte teilnahmsvoll zu ihr: »Armes Kind, wie Sie bleich sind unter Ihren blitzenden Steinen.«

»Hört mal«, sagte Mirjam, stand auf und ging zu ihnen hin, »ich glaube, wir machen das ganze noch stärker auf Irrenhaus. Du spielst das ja so verrückt, Anna. Wir geben dir, Anna, ein Anstaltskostüm und dir, Livia, eine Wärterinnentracht, mit Häubchen und dem ganzen Zeug, und dann bist du streng und eisig mit der irren Prinzessin, überhaupt nicht mitfühlend.«

Livia wandte ein, sie sei aber im Stück auf der Seite der Prinzessin und verhelfe ihr zur Flucht und wie denn die Stelle »Lieber Engel, du bist doch ein wahres Opferlamm!« gehen solle, wo es in Klammer heiße »*weinend*«?

Sie solle das Weinen spielen, um Mitleid vorzutäuschen, schlug Mirjam vor.

Aber wie sie den Schluss der Szene machen solle? »Mein Kind, mein Kind, ich kann dich nicht so sehen«, das seien doch mitleidige Worte.

Die könne sie genauso kalt und unnahbar sprechen; auch wenn sie beim Gedanken an die Flucht sage, sie habe da so etwas im Kopf, könne sie das ohne weiteres gefährlich klingen lassen, als wolle sie die Prinzessin umbringen.

Aber sie bringe sie ja nicht um, im Gegenteil, sie sage sogar »Es kann nicht so gehen. Es tötet dich.«

Um so überraschender, wenn sie nachher zur Verbündeten der Prinzessin werde.

Aber wieso denn diese Verstellung?

Ob sie es nicht einfach mal ausprobieren könne, fragte Mirjam. Sie ärgerte sich etwas über Livias Rechthaberei, und sie glaubte zu wissen, woher sie kam. Livia hätte lieber die Prinzessin gespielt und wollte ihr jetzt das Leben schwer machen.

»Kann ich schon«, sagte Livia schnippisch, »aber es sollte für mich auch einen Sinn machen.«

»Wenn's nicht geht«, sagte Mirjam, »lassen wir dich als Rotkreuzschwester auftreten, als komische Nummer, mit übertriebener Zuwendung und so. Das geht dann auf alle Fälle auf. Und noch etwas. Wir machen den Auftritt so, dass die Prinzessin mit dem Gesicht zur Gouvernante auf der Bahre liegt, also vom Publikum weg.

Das gefiel nun Anna nicht. So wie sie die Szene spiele, als Irre, müsse man doch ihre Mimik sehen.

Nein, die Gestik genüge, die Gestik und die Stimme, und um so stärker sei dann der Moment, wenn sie sich zum erstenmal umdrehe.

Und wann das sein solle, fragte Anna.

Das werden sie gleich herausfinden, wenn sie die Szene einmal durchspielen, sagte Mirjam, vielleicht dort, wo es heiße »*erhebt sich*«, oder sie solle doch beim Spielen zu spüren versuchen, wann sie sich gern zum Publikum drehen wolle.

Livia meldete sich nochmals und sagte, das mit der komischen Nummer könne Mirjam vergessen, das mache sie nicht.

Immerhin sei es eine Komödie, wandte Mirjam ein.

Das habe sie sowieso nicht begriffen, wieso das eine Komödie sein soll, sagte Livia, und sie werde jetzt also wie gewünscht die Variante »eiskalt« durchgeben.

»Wisst ihr, was das für ein Lied ist?« rief Jean-Pierre und schwenkte einen Zettel.

Natürlich wusste es niemand.

»Es heißt ›Treue Liebe‹ und geht auf die Melodie von ›Weißt du, wie viel Sternlein stehen‹. Die zwei Zeilen sind nicht der Anfang, sondern der Schluss des Liedes.« Er sang sie vor.

»Und das lag auf dem Sekretariat rum?« fragte Mirjam.

»Es lag im Internet rum, ich hab's schnell gegoogelt.«

»Danke«, sagte Mirjam, und sie müsse sich noch überlegen, ob das mit dem Liebeslied eine Bedeutung habe, aber Anna solle es einfach mal singen.

Anna legte sich anders hin und spielte den Anfang der Szene nochmals, etwas dramatischer als beim ersten Mal, machte das Glockengeläute nach und das Summen der Bienen und brach dann, statt das Lied zu singen, in Schluchzen aus, setzte sich auf und hielt beide Hände vor das Gesicht.

Schneidend sagte Livia: »Armes Kind, wie Sie bleich sind unter Ihren blitzenden Steinen.«

»Moment«, sagte Mirjam, »lass sie zuerst singen. Und Anna, das finde ich zu viel, und auch zu früh, um aufzustehen. Aber die Glocken und die Bienen sind sehr schön.«

Doch Anna saß auf den zwei Bänken, welche die Bahre markierten, und hörte nicht auf zu weinen.

Livia setzte sich neben sie und legte ihr den Arm um die Schulter, Mirjam kam dazu, strich ihr über die Haare und fragte sie: »Anna, was hast du denn?«

Anna schüttelte den Kopf. »Das Lied …« stammelte sie, »das Lied … die Melodie … es hat mich … umgehauen … tut mir leid.«

Alle standen nun in einem Halbkreis um sie herum, Mirjam reichte ihr ein Papiertaschentuch.

Anna wischte sich die Augen und schneuzte.

»›Weißt du, wie viel Sternlein stehen‹ – das war das einzige Lied, das mir meine Mutter gesungen hat, und ich war immer so glücklich dabei. Ich wusste nicht, dass das so tief sitzt.«

»Du kannst es singen, wie du willst, Anna, so wie vorhin, oder auch nur sprechen«, sagte Mirjam, »sollen wir eine Pause machen?«

»Gern«, sagte Anna.

Die Probe ging dann gut zu Ende, Thomas holte sie ab, sie hängte sich bei ihm ein, und sie gingen in Richtung Niederdorf, wo sie zusammen Nachtessen wollten.

»Wie ging's, als Prinzessin?« fragte Thomas.

Anna erzählte ihm von ihrem Einbruch und sagte, sie wisse nicht, ob sie wirklich Schauspielerin werden wolle. Eine Irre zu spielen, wirklich zu spielen, sei beängstigend, sie könne das nur, indem sie sich ganz fest vorstelle, verrückt zu sein.

»Und dann musst du einen Schritt zurück machen«, sagte Thomas.

»Müsste ich, natürlich, aber wenn ich spiele, komme ich mir irgendwie vor wie … wie ein Haus, bei dem alle Türen und Fenster offen stehen.«

»Darf ich sie wieder schließen?«

»Das hast du schon fast. Aber eins musst du offen lassen.«

»Wieso?«

»Für dich.«

Thomas blieb mitten auf einem Fußgängerstreifen stehen und küsste sie.

15

Ein paar Tage später saß Manuel gegen 18 Uhr allein im Wartezimmer seines Kollegen, des Tinnitus-Spezialisten Anton Mannhart, und wunderte sich über die Hässlichkeit dieses Raumes. Er hatte nichts gegen die Lithographien von Fritz Hug, dem Tiermaler, aber gleich drei davon kamen ihm als Überdosis vor. Die Störche, Rehe und Waldkäuze, so schön sie gezeichnet waren, wirkten seltsam unaktuell, wahrscheinlich hingen sie hier seit der Praxiseröffnung vor 25 oder 30 Jahren. Die Sessel mit dem grünen Bezug irgendeines Lederimitats waren etwas zu speckig, und das Weiß der Wände hinter den Sesseln war auf Kopfhöhe leicht abgedunkelt. Auch dass der »Nebelspalter« noch existierte, der neben dem »Tagblatt der Stadt Zürich« und der Schwerhörigenpublikation »dezibel« auf dem Wartezimmertischchen lag, erstaunte ihn, er hatte diese Zeitschrift, die sich als satirisch ausgab, nie gemocht und hatte geglaubt, sie sei schon lange eingegangen. Seit er seine Praxis an den Zürichberg verlegt hatte, lagen bei ihm Zeitschriften wie »Schöner Wohnen«, »Animan« oder »Swissboat« auf den Regalen.

Würde er, wenn er ihn nicht kennte, diesem Arzt trauen? Manuel nahm sich vor, sich morgen einmal wie ein Patient in sein eigenes Wartezimmer zu setzen. Sie unterschätzten wohl alle die Wichtigkeit dieses Eindrucks.

Auch dass jeder, der aus dem Sprechzimmer trat, am offenen Warteraum vorbeikam und sah, wer dort saß, fand Manuel unpassend, denn jetzt ging die Tür auf, und er hörte seinen Kollegen sagen: »Auf Wiedersehen, Herr Simonett.« Tatsächlich warf der Banker, der die Merkschrift »Tinnitus-Hilfe« in der Hand trug, im Abgehen einen Blick auf Manuel, grüßte ihn mit offensichtlichem Erstaunen und fragte ihn dann: »Haben Sie etwa auch eine Eisenbahn im Ohr?«

»Nicht direkt«, sagte Manuel lächelnd und ärgerte sich sogleich über diese Antwort. Deutlicher, so schien ihm, hätte er nicht ausdrücken können, dass auch er als Patient hier war.

»Grüß dich, Manuel.«

»Hallo, Toni.«

Sein Kollege Mannhart begrüßte ihn mit einem merkwürdig schwammigen Händedruck und bat ihn in sein Ordinationszimmer.

»Du hast ihn jedenfalls nicht entmutigt«, sagte Manuel, als sie drin waren, mit einer Kopfbewegung zur Türe hin, »er macht schon wieder Scherze.«

»Wir müssen den Verlauf abwarten«, sagte Mannhart, »ich geb dir gelegentlich Bescheid. Und was ist denn mit dir?«

Er war etwas älter als Manuel, knapp an der Pensionsgrenze, hatte gewelltes graues Haar und eine teilnahmsvolle Dauerfalte über der Nasenwurzel.

»Tja, was ist mit mir? Das wollte ich eigentlich dich fragen. Ich glaube, mich hat's mit einem Tinnitus erwischt.«

Und dann schilderte er ihm seine Symptome, zeigte ihm auch sein Audiogramm, das die bewährte Frau Weibel mit ihm gemacht hatte, und sein spezialisierter Kollege stellte ihm viele der Fragen, die Manuel seinen Patienten auch stellte, seit wann, permanent oder von Zeit zu Zeit, nur nachts, auch tagsüber, in welchen Situationen, Veränderung bei anderer Haltung des Kopfes, Störungsgrad, schlafstörend, konzentrationsstörend, Hörsturz, Lärmtrauma, Lärmbelastung im Alltag usw.; er verharrte länger beim Punkt, ob die Schläge, wenn er sie höre, pulssynchron seien, so dass vielleicht eine Angiographie angezeigt wäre, doch die Schläge hatten nichts mit dem Puls zu tun, sie waren zu schnell, Manuel imitierte sie, indem er mit den Fingerknöcheln dreimal auf die Tischplatte schlug, sagte, nach der Qualität der Töne gefragt, es klinge aber eher etwas heller, so, als schlüge man gegen eine sehr dicke Fensterscheibe.

Ob ihm denn zu diesem Geräusch etwas in den Sinn komme, fragte sein Kollege, und die Dauerfalte auf seiner Stirn vertiefte sich zur Furche. Selbstverständlich kam Manuel etwas in den Sinn, und ebenso selbstverständlich sagte er seinem Kollegen nichts davon, denn Schläge an eine Fensterscheibe hingen aufs Engste mit seinem Flecken im Reinheft zusammen, der niemanden etwas anging, und auch als jetzt die ganze psychologische Litanei kam mit Stress, Belastung, unbewältigten Problemen und unbestimmten oder bestimmten Ängsten, blieb Manuel, der seine Patienten immer ermahnte, diese Fragen ehrlich zu beantworten, so vage und ablehnend, als es irgendwie ging.

Sein eigenes Interesse am Phänomen des Tinnitus hatte erheblich nachgelassen, als sich einer seiner Patienten, ein Musiker, das Leben nahm, weil er die tägliche und nächtliche Folter durch den Lärm in seinen Ohren nicht mehr aushielt. Dieser und andere schwere Fälle hatten Manuel so zugesetzt, dass er begonnen hatte, Tinnitus-Patienten weiterzuweisen, bevor er sich mit ihnen auf eine lang andauernde Therapie einließ, von der er zum vornherein wusste, dass sie kaum Aussicht auf Heilung bot.

Ein Krebs war, auch wenn er tödlich endete, ein viel realerer Gegner, und die Patienten hatten dafür mehr Verständnis, ja sie akzeptierten ihn fast leichter als einen Tinnitus, bei dem man gegen ein Phantom kämpfte, ein Phantom mit großer Ausdauer und zermürbenden Kräften.

Eigentlich hielt es Manuel für eine Schande der Medizin, dass sie bei all den Fortschritten auf den verschiedensten Gebieten beim Tinnitus nicht viel weiter gekommen war als jener Franzose, der sich zu Beginn des 19. Jahrhunderts als erster ausführlich damit beschäftigt hatte und der seinen Tinnitus-Patienten z. B. empfahl, sich so oft wie möglich vor heftig knisternde Kaminfeuer zu setzen oder in eine lärmige Mühle umzuziehen, damit ihnen das Getöse in ihrem Ohr weniger auffiel.

Eine Zeitlang hatte er sich vorgestellt, dass es möglich sein müsste, neue Haarzellen auf die Basilarmembran zu implantieren, doch diese Idee scheiterte an der Winzigkeit der Härchen. Ob die Nanotechnologie, die in den letzten Jahren derart boomte, einmal dazu in der Lage sein sollte?

Auch Manuel hatte in erster Linie mit der Maskierung der Geräusche gearbeitet, hatte seinen Patienten Hörapparate mit Frequenzen gegeben, welche den Frequenzen der Störungen nahekamen, war im Übrigen stets pragmatisch vorgegangen und hatte keinen Lösungsansatz von vornherein verworfen. Wenn aber wieder eine Studie über eine neue Methode erschien, in der von 20 oder 30% der Patienten die Rede war, bei welchen eine deutliche Linderung eingetreten sei, und Manuel machte einen Versuch mit dieser Methode, waren seine Patienten zuverlässig bei den 70 bis 80%, die nicht darauf ansprachen. Er fühlte sich hilflos, und wenn die einzige Botschaft des Arztes an den Patienten war, er müsse sich an das Übel gewöhnen, war das eine Kapitulation vor dem Phantom. Diese Botschaft nannte man seit einiger Zeit Retraining, und einer ihrer bekanntesten Botschafter war sein Kollege Mannhart. Vor ihm saß Manuel Ritter nun zu seiner eigenen Überraschung und wollte dessen Meinung zur Tatsache hören, dass neuerdings jemand mit der Faust an sein Innenohr hämmerte.

Zweifellos, sagte dieser, handle es sich um einen Tinnitus, einen subjektiven, und die Plötzlichkeit, mit der er aufgetreten sei, wäre für ihn eigentlich ein Hinweis auf einen psychogenen Charakter; ob ihn nichts erschreckt habe in letzter Zeit, ein Problem, das auf einmal aufgetaucht sei, oder eines, das wieder akut geworden sei. Nein, sagte Manuel etwas ungehalten, und was denn wäre, wenn es ein solches Problem gäbe.

»Dann, mein Lieber, müsstest du dich dringend damit beschäftigen. Ich weiß nicht, wie es in deiner Praxis ist, aber ich habe mehrere Fälle erlebt, in denen die Symptome vollständig zurückgingen, als sich der Patient seinem Lebensproblem stellte.«

»20 bis 30%?« fragte Manuel spöttisch. »Dann bin ich bei den andern 70 bis 80. Wie meine Patienten auch immer, deshalb schick ich sie ja zu dir.«

Ja, er habe sich, ehrlich gesagt, etwas gewundert, weshalb er ihm diesen jungen Banker überwiesen habe, so ungewöhnlich sei der Fall ja auch wieder nicht.

»Er liebt seine Stelle«, sagte Manuel, »und er wird sie verlieren.«

»Nicht zwingend.«

»Meinetwegen. Zu 70 bis 80%, wie gesagt. Bei mir. Du kannst ihn vielleicht in den 20 bis 30%-Bereich lotsen. Der Patient hofft auf mich, und ich kann seine Hoffnung nicht erfüllen. So ist es, und nach dem Suizid meines Musikers ist mir der Tinnitus verleidet.«

»Dafür kommt er jetzt zu dir.«

»Wahrscheinlich will er sich rächen«, sagte Manuel. »Und? Was schlägst du vor?« Er versuchte ein Lächeln. »Das Büchlein ›Tinnitus-Hilfe‹ habe ich schon.«

»Hoffentlich gelesen.«

»Selbstverständlich. Geb ich meinen Patienten, die ich behalte, auch mit. Kein Wort dagegen.«

»Also, da du gegen die psychologischen Aspekte offenbar resistent bist, fangen wir mit einem Cortisonstoß an. 3 x 500 mg, nach 5 Tagen 3 x 250 mg, nach 10 Tagen kommst du wieder zu mir.«

»Na?« sagte Manuel, »ein Cortisonstoß?« Er nahm nicht gern starke Medikamente, Cortison schon gar nicht. Er verschrieb es bloß.

»Scheint mir schweregradadaptiert«, sagte Mannhart, »und nicht aussichtslos.«

Manuel lächelte. »Du meinst, 20 bis 30%? Gut, ich zähle auf dich. Hoffentlich läßt sich mein Innenohr damit umstimmen.«

Falls er nicht mehr in seine Praxis zurückgehe, gebe er ihm die Packungen gleich mit, sagte Mannhart und schob sie ihm über den Tisch. Leider müsse er sich verabschieden, da er einen Vortrag bei einer Tinnitus-Selbsthilfevereinigung halten müsse.

Er könne ja gleich mitkommen, scherzte Manuel, vielleicht sei er dort auch bald Mitglied.

Als er etwas später auf Mannharts Praxis-Parkplatz in seinem BMW saß, den Motor angelassen hatte und die Handbremse lösen wollte, hielt er einen Moment inne.

Es war ihm, als ziehe sich etwas um ihn zusammen. War das möglich, dass er ab jetzt mit einem Tinnitus leben musste, einem Tinnitus, der stark genug war, um ihn nachts zu wecken? Er wusste, was das bedeutete. Er sah die verhärmten Gesichter seiner langjährigen Geplagten vor sich, welche die Hoffnung auf Linderung aufgegeben hatten, und er sah seinen Musiker und hörte seinen letzten Satz in der letzten Konsultation: »Ich kann nicht mehr.«

Und war das möglich, dass er diesen Klopfgeist nur zum Verstummen bringen konnte, wenn er mit dem klar kam, was er jahrelang für sich behalten hatte und was sich nun auf einmal wie ein Lebensproblem gebärdete? Wäre das nicht eine Kraftloserklärung seines bisherigen, so ordentlich und harmonisch verlaufenen Lebens? Dieses Lebens, in dem ständig eine Lüge mitlief, eine Lüge, die ihm jederzeit zu Diensten war, wie auch vorhin wieder? Würde ihm jemand vorwerfen, egal in welchem Zusammenhang, er sei ein Lügner, würde er das als Beleidigung zurückweisen. Dabei war es so. Er war ein Lügner. Ein Feigling und ein Lügner. Manchmal. Wenn es nicht anders ging.

Was sollte er nur tun?

Sich jemandem anvertrauen?

Wem?

Wo war dieser Brief mit dem Foto?

Wer war Anna?

Wieso mußte sie ausgerechnet baseldeutsch sprechen?

Oder genügte das Cortison?

Als es dreimal an die Fensterscheibe klopfte, schloss er die Augen und biss auf die Zähne.

Dann rief eine grauhaarige Frau, die sich zum Beifahrerfenster hinuntergebeugt hatte, er solle entweder wegfahren oder den Motor abstellen, er verstinke hier den ganzen Hof mit seinem Auspuff.

Manuel löste die Handbremse und fuhr weg.

16

Manuel und Julia saßen im »Theater an der Sihl« und applaudierten. Sie waren umgeben von lauter Menschen, die ebenfalls applaudierten. Soeben hatte sich König Peter mit den Worten »Kommen Sie, meine Herren, wir müssen denken, ungestört denken!« von der Bühne ins Publikum begeben, war zwischen den Reihen durchgegangen und hatte immer wieder gemurmelt »Ich bin ich«, war manchmal vor einem Zuschauer stehen geblieben, hatte ihn mit dem Blick fixiert und dann gesagt: »Du bist du«, während sich der Staatsrat durch einen anderen Teil des Publikums gezwängt und, auf König Peter deutend, gemurmelt hatte: »Er ist er.« In ihrer Reihe hatte er Julia ins Auge gefasst und zum König hinübergerufen: »Sie ist sie!«

Und als Leonces Kumpan, der Taugenichts Valerio, in einem »Playboy«-Magazin blätternd, sein Schlusswort gesprochen hatte, in dem er Gott um Makkaroni, Melonen und Feigen, klassische Leiber und eine kommode Religion gebeten hatte, stellte sich der König zuhinterst im Publikum auf einen Stuhl und brüllte das erste Ergebnis seines ungestörten Denkens in den Saal: »Wir sind wir!« Darauf wurde der Massenjubel eines Fußballstadions eingeblendet, der in eine gewaltige Explosion überging, ein blendender Blitz leuchtete auf, dann gab es einen Blackout, und der Ton riss ab.

Es blieb fast eine Minute lang dunkel, niemand wagte sich zu rühren, erst als ganz langsam das Saallicht hochgefahren wurde, setzte Applaus ein, zögernd zuerst, dann immer kräftiger, schwappte über die Schauspieltruppe, die als Ganzes die Bühne betrat, schwoll in Wellen an, als die Akteure aus der Reihe einzeln vortraten, bei Valerio vor allem, einem übergewichtigen Sancho Pansa mit einem wunderbaren komischen Instinkt, aber auch bei Lena und bei Leonce. Er steigerte sich nochmals, als die Schauspieler der Regisseurin winkten, und als Mirjam kam, um sich zu verbeugen, erklangen »Bravo!«-Rufe, was Julia, die ebenso heftig klatschte wie ihre Umgebung, die Tränen in die Augen trieb, und auch wie ihre Tochter jetzt den Bühnenbildner und den Tontechniker und die Beleuchterin auf die Bühne holte, wärmte ihr das Herz, das Bühnenbild mit dem riesigen Märchenbuch hatte sie sofort angesprochen, es brauchte keinen Vergleich zu scheuen mit dem, was man im Schauspielhaus oder im Opernhaus sah. Als nun das ganze Team auf der Bühne stand, begann das Publikum zusätzlich mit den Füssen auf den Boden zu trampeln, etwas, bei dem Julia und Manuel nicht mitmachten, aber kein Zweifel, die Begeisterung über Aufführung und Inszenierung war groß. Natürlich waren Angehörige, Freundinnen und Freunde zahlreich an diesem Abend, doch das war mehr als nur ein Gefälligkeitsapplaus, der hier minutenlang weiterging.

»Was findest du?« fragte sie Manuel leise.

»Professionell«, sagte er, »absolut professionell. Und du?«

»Grandios.«

Die Premièrenfeier im Foyer, wo man Wein, Bier und Orangensaft ausschenkte und wo von Mirjams Klasse Schinkengipfel, Canapés, Parmesanstücke und Fleischspießchen

offeriert wurden, war turbulent, und es war eine Stimmung
wie nach einem gewonnenen Fußballspiel. Die Freude der
Lehrer und Lehrerinnen der Akademie war die Freude der
Trainer, die Freude von Mirjams Klasse war die Freude der
Mannschaftskollegen, die Freude von Annas Klasse war die
Freude des erfolgreichen Teams, die Freude der Eltern der
Mitwirkenden war die Freude der Sponsoren und der Stolz
auf das eigene Blut, auch die kleinste Rolle hatte ihren Fan-
club, und so mischten sich die verschiedensten Triumphe zu
einer Art Siegesfeier, deren Lärmpegel den Grad erreichte,
der in den Gesprächen bereits das Verständnis von Konso-
nanten gefährdete, jedenfalls verstand Manuel einmal Lügner statt Büchner.

Manuel und Julia warteten vor allem auf Mirjam, Manuel
mit einem Glas Orangensaft und Julia mit einem Weißwein
in der Hand. Aber zuerst kamen Thomas und Anna auf sie zu,
ein Paar, schoss es Julia durch den Kopf, ein richtiges Paar,
Thomas hatte seinen Arm um Annas Hüfte gelegt.

»Sie waren großartig!«, sagte Julia, »einfach großartig!«

»Wirklich?« Anna konnte es noch nicht ganz glauben.

»Ich hatte Angst um Sie«, sagte Manuel.

»Dass ich den Text vergesse?« fragte Anna.

»Ach wo«, sagte Manuel, »gleich in Ihrer ersten Szene
im Garten der Irrenanstalt. Sie spielten derart echt. Ich war
richtig froh, dass Sie fliehen konnten.«

Anna wusste nicht, was sagen.

»Ich auch!« rief Thomas mit angehobener Stimme ins Ge-
tümmel, »wenn sie nur nicht draußen diesen elenden Prinzen
gefunden hätte!« Er lachte, Anna lachte auch, dann wurde sie
von einer Freundin am Arm gepackt, die sie sogleich abküss-

te, und Manuel sagte nur, »Wir sehen uns noch!«, bevor die beiden von der Partywoge verschluckt wurden.

»Na, Herr Doktor, was sagen Sie zu Ihrer Tochter?« Eine Schauspielerin mit wohlklingender tiefer Stimme legte ihre Hand auf Manuels Arm. Sie war im Ensemble des Schauspielhauses und unterrichtete auch an der Akademie.

»Die Väter sind immer begeistert«, sagte Manuel, »das ist übrigens die Mutter der Regisseurin – Julia, das ist Lea Losinger.«

»Freut mich«, sagte Julia »auf der Bühne hab ich Sie schon oft bewundert.«

»Was sagen denn Sie zur Inszenierung?« fragte Manuel.

»Hervorragend gemacht«, sagte die Losinger, »frisch, frech, phantasievoll und stimmig. Dieser Schluss, den hab ich so noch nie gesehen.« Sie trat etwas dichter an Manuel heran und kam mit dem Kopf so nahe an sein Ohr, als müsse sie ihm ein Geheimnis verraten. »Bei Büchner geht der König ja einfach ab, aber dass Mirjam nachher diesen Satz variiert, bis zum ›wir‹ – genial! Ich gratuliere!«

Manuel versuchte sich näher zu Julia zu stellen und sagte: »Gratulieren müssen Sie ihr – da kommt sie.«

Und bevor Mirjam, die auf ihre Eltern zusteuerte, diese erreichte, warf sich ihr Lea Losinger in den Weg, umarmte und küsste sie und schüttete ihr ganzes Lob über sie aus. Mirjam strahlte, sie stand da wie jemand, der eine Million gewonnen hatte und es noch nicht fassen konnte.

»Mama, Papa!« rief sie, »wie schön, dass ihr da seid!« und umschlang sie gleichzeitig.

»Ich bin überwältigt«, sagte Julia, »so schön! Ich freu mich für dich.«

»Sehr, sehr beeindruckend«, fügte Manuel hinzu, »damit bist du zur Regisseurin geworden.«

»Ich glaube, es hat allen gefallen«, sagte Julia, »man hört nur Gutes.«

»Wisst ihr was?« sagte Julia, »der Chefdramaturg vom Schauspielhaus war da und hat gefragt, ob ich Lust hätte, einen Fosse im ›Schiffbau‹ zu inszenieren!«

»Miri, du musst schnell zu uns rüberkommen!« sagte der Schauspieler, der Leonce gespielt hatte und der jetzt einen breitkrempigen roten Hut trug, nahm sie an der Hand und zog sie weg.

»Bis gleich!« rief Mirjam im Weggehen.

Mittlerweile erklang aus Lautsprechern Musik, irgendetwas Rockiges, das den Dezibelpegel nochmals ansteigen ließ.

Manuel beugte sich zu Julias Ohr. »*Was* soll sie inszenieren?«

»Einen Fosse!«

»Wer ist das?«

»Ein düsterer junger Norweger! Beziehungsdramen und so!« schrie Julia.

Als nun die jungen Leute in einer Ecke zu tanzen begannen und die Musik noch etwas aufdringlicher wurde, zogen es Manuel und Julia vor, die Feier zu verlassen.

»Ich bin ganz glücklich«, sagte Julia, als sie über die Seestraße nach Hause fuhren, »ich hätte nicht gedacht, dass es so gut wird.«

»Hast es ihr nicht zugetraut?«

»Und du? Sag mal ehrlich.«

»Ich war überrascht, ja. Dass sie so souverän mit einem

109

klassischen Stück umgeht. Dieser Molière kürzlich am Schauspielhaus war doch deutlich weniger gut. Oder täusch ich mich?«

Julia legte ihre Hand auf sein Knie.

»Vielleicht täuschen wir uns beide, weil es unsere Miri ist.«

»Dieser Kerl hat auch Miri zu ihr gesagt.«

»Du meinst Leonce? Vielleicht ist es auch seine Miri, was wissen wir?«

»Den hätt ich lieber nicht als Schwiegersohn.«

»Das macht dir Mühe, nicht, dass unsere Tochter nicht mehr deine Miri ist?«

»Nein, wieso?«, log Manuel. »Sie ist erwachsen. Und diese Inszenierung war ihre Doktorarbeit. Jetzt kann sie ihre Praxis eröffnen.«

»Hoffentlich läuft sie.«

»Immerhin hockt schon ein junger Norweger im Wartezimmer«, sagte Manuel, blinkte nach links und bog in die Spur ein, die nach Erlenbach abbog.

Er zuckte zusammen.

»Ist etwas?« fragte Julia.

»Nein, nein«, sagte Manuel und hielt vor der Ampel, die auf Rot stand.

Aber natürlich war etwas, und zwar immer noch dasselbe.

Es hatte dreimal an sein Innenohr geklopft.

17

Thomas saß am späteren Nachmittag in der S-Bahn nach Erlenbach.

Er hatte sich bei den Eltern zum Nachtessen angesagt. Unruhig war er, denn das, worüber er mit seinen Eltern sprechen wollte, war schon schwierig genug, und es war heute von einer neuen Nachricht überschattet worden, oder überstrahlt, er wusste noch nicht, was er davon halten und wie er darauf reagieren sollte, und hatte noch nicht einmal Anna etwas davon gesagt, die er erst morgen sehen würde.

Es war Mitte April, und die Temperatur war fast vorsommerlich. Die Natur lief ihrem eigenen Kalender davon. Apfel- und Birnbäume hatten den Höhepunkt ihrer Blüte schon überschritten, in vielen Gärten entlang der Bahnlinie waren verwelkte Forsythien zu sehen, ein Magnolienbaum verlor gerade seine rosa Blütenblätter, dafür war das Violett der Fliederbüsche und das helle Lila der Zierkirschen überall, und Glyzinien und Clematis eroberten Hausecken und Balkone. Das Kleidungsstück des Tages war das T-Shirt. Auf demjenigen von Thomas explodierte der Mount St. Helens.

Im vergangenen Winter war der Schnee praktisch ausgeblieben. In Pontresina hatte man nur unter massiver Zuhilfenahme von Schneekanonen die Diavolezza-Piste bis zur Talstation führen können, einige Langlaufloipen zogen sich als Kunstschneestreifen durch segantinibraune Wiesen, und das Tourismus-Büro organisierte Wanderungen mit Grilladen vor hoch gelegenen Alphütten, die sonst geschlossen waren. Trotzdem wurden viele Buchungen rückgängig gemacht, die Hotelbranche jammerte, die Zahlen der Abonnementsverkäufe der Bergbahnen wurden herumgeboten wie eine Katastrophenmeldung, einzig die Hallenbäder waren mit ihren Umsätzen zufrieden.

All die Plakate, mit denen für die Wintersportgebiete geworben worden war und auf denen sich Snowboarder vor gleißenden Bergketten aus stiebendem Pulverschnee in die Luft erhoben oder Skifahrer an jungfräulichen Hängen ihre Spuren zogen, hatten sich als Lügen erwiesen, denn es fehlte dazu eine Kleinigkeit, und das war der Rohstoff für den Wintersport, der Schnee. Bis Weihnachten *müsse* es einfach schneien, hatte Anfang Dezember ein Kurdirektor in einem Interview gesagt, als stelle er der Natur ein Ultimatum. Aber es hatte weder bis Weihnachten geschneit noch bis Ostern, die eben vorbei waren. Damit das Lauberhornrennen in Wengen durchgeführt werden konnte, hatte man anderthalb Tonnen Kunstdünger in den Kunstschnee gemischt, um ihn haltbarer zu machen. Jeder Landwirt, der eine solche Menge auf dieser Fläche ausgebracht hätte, wäre dafür gebüßt worden.

Je länger Thomas Umweltnaturwissenschaften studierte, desto weniger verstand er die Menschen. Die Fakten waren seit Jahren bekannt, aber niemand wollte wirklich etwas unternehmen, weder im privaten noch im öffentlichen Leben. In der Arktis ertranken bereits Eisbären, weil sie kein Packeis mehr fanden, das sie trug. Man war hierzulande gern bereit, das Fernbleiben der USA vom Kyoto-Protokoll zu verurteilen, obwohl man selbst weit davon entfernt war, dessen Ziele zu erreichen, und während der schweizerische Bundespräsident bei der Klimakonferenz in Nairobi eine weltweite CO_2-Abgabe vorschlug, würgte sein Parlament zu Hause am vierten Anlauf seit sechzehn Jahren zur Einführung ebendieser Abgabe, und von den Gegnern waren dieselben Argumente zu hören, welche der Präsident der Vereinigten Staaten immer zur Hand hatte, allen voran: dies schade der Wirtschaft. Thomas fragte sich, ob es anders geworden wäre, wenn Al Gore, dessen Film über die Klimakatastrophe zur Zeit durch die Welt tourte, seinerzeit den amerikanischen Wahlkampf gewonnen hätte oder ob er ebenso rasch zum Sachzwangverwalter kurzfristiger ökonomischer Interessen geworden wäre.

Vor dem Bahnhof Erlenbach standen zwei Isuzu Trooper, ein Cherokee Jeep, ein Subaru Four Wheel Drive und ein VW, drei davon mit laufendem Motor, alle in Erwartung von Heimkehrenden, die es abzuholen galt. Als ob gleich hinter dem Dorf die Wüste oder ein isländisches Hochmoor läge. Und wenn auch nur ansatzweise von einer stärkeren Besteuerung dieses ebenso unnützen wie schädlichen Wagentyps gesprochen wurde, erhob sich die Politik mit seltener Mehrheitsfähigkeit dagegen.

Aus dem Subaru winkte es, und Frau Ziegler, die etwas weiter oben wohnte, rief ihm zu, ob er mitfahren wolle. Von hinten legte sich eine Hand auf seine Schulter, und Pascal, der mit ihm zur Schule gegangen war, lachte ihn an. Er war in Offiziersuniform und trug seine graue Ausgangstasche, wohl mit der schmutzigen Wäsche darin.

»Schön, dass ihr eure Eltern nicht vergesst!«, sagte Pascals Mutter fröhlich, als sie beide einstiegen.

»Wo sonst gibt es eine solche Rindfleischpastete?« gab

Pascal zurück. »Und was machen die Vulkane?« fragte er Thomas mit einem Blick auf sein T-Shirt.

»Sie brodeln – was sonst? Und wie geht's der Landesverteidigung?«

Pascal grinste. »Ihr müsst keine Angst haben, wir üben täglich die Abwehr von Vulkanausbrüchen.«

»Mirjam soll so ein schönes Stück inszeniert haben«, sagte Pascals Mutter zu Thomas, der auf dem Rücksitz saß.

»Ja«, sagte Thomas, »Leonce und Lena. Wird noch heute und nächste Woche gespielt, Theater an der Sihl, Gessnerallee.«

Frau Ziegler seufzte. »Schade, dass das Parking Gessnerallee abgebrochen wurde, da konnte man immer gleich reinfahren.«

»Die S-Bahn bringt Sie auch hin«, sagte Thomas, »es sind 5 Minuten zu Fuß vom Hauptbahnhof.«

Dieser Hinweis war Thomas' Beitrag zur Minderung des CO_2-Ausstoßes an diesem Abend. Er fand es schwer, etwas zu sagen oder zu tun, ohne missionarisch zu wirken. Hätte er die Mitfahrt verweigern sollen mit dem Hinweis, er lehne diese Dreckschleudern ab? Hätte sich diese Beleidigung gelohnt, für die Klimaerwärmung? Das einzige, was sicher war, sie hätte zu einer Klimaabkühlung zwischen ihm und Pascal und dessen Familie geführt, die er alle ganz gern mochte. Thomas hatte begonnen, seine eigenen Unternehmungen immer einer Umweltverträglichkeitsprüfung zu unterziehen, aber eigentlich war die Sozialverträglichkeitsprüfung ebenso wichtig. Wenigstens fuhren seine Eltern keine Offroader. Doch natürlich hatten sie zwei Autos, Vater eins und Mutter eins.

Die Lasagne waren wunderbar. Julia kochte gern, wenn sie Zeit hatte dazu, und heute hatte sie Zeit gehabt. Es war Samstag, und sie freute sich, wenn eines ihrer Kinder zum Essen kam.

»Wer nimmt noch einen Löffel?« fragte sie und blickte aufmunternd in die Runde.

»Aus purer Fresslust«, sagte Manuel und hielt seinen Teller hin, »und weil eine Woche vorbei ist, und weil unser Sohn uns die Ehre gibt. Wer nimmt noch einen Schluck?«

Und da niemand nein sagte, füllte er die Gläser mit dem Rioja nach, von dem er gestern zwei Flaschen aus dem Keller geholt hatte.

Auch Thomas ließ sich ein zweites Mal schöpfen, und dann wollte Manuel nochmals anstoßen.

»Wir haben doch schon angestoßen«, wandte Julia lachend ein, als sie ihre Gläser hoben.

»Aber nur allgemein. Na, Thomas, worauf kann man denn mit dir anstoßen? Heraus mit der Sprache!«

»Ich habe ein Traumpraktikum bekommen«, sagte Thomas, »ein halbes Jahr in Mexiko City, bei einem groß angelegten Forschungsprojekt über die Luftqualität in der Stadt und der Umgebung, bis hinauf zum Popocatepetl.«

Nun klang der helle Glockenton der Gläser durch das Wohnzimmer, und Manuel und Julia begannen nach dem Wann und Wie zu fragen, und Thomas sagte ihnen, was er schon darüber wusste. Allzuviel war es nicht, denn er hatte dieses Praktikum erst an dritter Stelle auf seine persönliche Wunschliste gesetzt und hatte auch seine Bewerbung nicht mit der größten Sorgfalt eingegeben, da sich eine Kollegin und ein Kollege dafür interessierten, die er beide für qualifizierter hielt. Der Kollege, ein Tessiner, hatte sich aber kurzfristig entschieden, bei einer Studie über die Gesundheit der Kastanienbäume im Maggiatal mitzumachen, für die er angefragt wurde, und die Kollegin hatte ihre Anmeldung wieder zurückgezogen, als sie vernahm, dass eine Freundin in der U-Bahn von Mexiko City überfallen und ausgeraubt worden war.

Das Praktikum sollte im Sommer beginnen und bis Weihnachten dauern, und bevor Thomas die Rede darauf brachte, dass es wohl nicht ohne finanzielle Unterstützung der Eltern zu machen wäre, sagte sein Vater, wegen des Geldes brauche er sich keine Sorgen zu machen, das bezahle alles die Krankenkasse. Das war seine Formel, die er auch bei andern Gelegenheiten benutzte, wenn er sich auf seine gutgehende Praxis bezog.

Thomas war wieder einmal gerührt über die väterliche Großzügigkeit und überhaupt über die positive Reaktion der beiden.

Julia sagte, dann könnten sie ihn ja vielleicht in den Herbstferien besuchen. Mexiko gehöre schon lange zu ihren Traumzielen, und seltsamerweise sei es noch nie zu einer Reise dorthin gekommen. Sie hatte bloß einmal den südlichen Teil Lateinamerikas besucht, war in Bolivien, Peru und Ecuador gewesen, aber Mexiko sei eigentlich schon lange fällig, dort kämen ihre spanischen Lieblingsautoren her, Julio Cortázar, Octavio Paz und Juan Rulfo, und auch das Haus von Frida Kahlo würde sie sich gern ansehen, ganz abgesehen von den Murales ihres Mannes Diego Rivera, vor allem diejenigen im Palacio Nacional müssen ja sehr beeindruckend sein.

Thomas staunte, was seine Mutter alles über Mexiko wuss-

116

te. Seine Kenntnisse waren vergleichsweise bescheiden, namentlich die kulturellen. Ihn faszinierte vor allem die Möglichkeit, eventuell den Popocatepetl zu besteigen.

»Und während deine Mutter der Kultur nachrennt, könnten wir zwei ja auf den Popocatepetl«, sagte sein Vater, als hätte er seine Gedanken erraten, »soll ja nicht schwer zu besteigen sein, das wäre dann mein erster Fünftausender, und wohl auch mein letzter.«

»Was sagt denn Anna zu der Aussicht, dass du ein halbes Jahr wegfliegst?« fragte seine Mutter.

»Tja, eehm … Sie weiß es noch gar nicht.«

Das Mail aus Mexiko sei erst heute Vormittag gekommen, und er wolle mit Anna nicht am Telefon darüber sprechen, sondern erst morgen, wenn sie sich träfen.

Julia sagte, das könne einer Freundschaft auch gut tun, sie sei schließlich auch kurz, nachdem Manuel und sie sich verliebt hätten, ein Semester nach Salamanca gefahren.

Aber er habe sich doch gestern schon zum Essen angemeldet, sagte sein Vater, und zwar mit dem Zusatz, es gebe eine Neuigkeit zu besprechen. Was denn diese Neuigkeit sei.

Das sei eine Neuigkeit, die dazu beitrage, dass er noch gar nicht wisse, ob er die Praktikumsstelle in Mexiko überhaupt annehmen wolle.

»Was denn?« fragte sein Vater, »bietet man dir eine Professur an?« Er lachte über seinen Scherz und trank einen Schluck Rioja.

»Nein«, sagte Thomas, »Anna ist schwanger.«

Manuel stellte sein Glas abrupt ab und begann zu husten. Er hatte sich verschluckt und kam in solche Schwierigkeiten, dass Julia aufstand und ihm auf den Rücken klopfte.

117

»Das ist allerdings eine Neuigkeit«, sagte er heiser, als er wieder richtig atmen konnte.

»Eine schöne«, sagte Julia, »doch, eine schöne Neuigkeit, ein bißchen früh für euch beide, aber ich freue mich. Ihr seid ein gutes Paar.«

Manuel hob die Serviette zum Mund und hustete nochmals, dann fragte er vorsichtig: »Aber – sie will doch das Kind nicht austragen?«

»Doch«, sagte Thomas, »das will sie.«

»Und ihre Ausbildung? Sie ist ja noch mittendrin.«

»Sie glaubt, dass das geht.«

»Hat sie dich hineingelegt?« fragte Manuel, und es klang hart.

Thomas errötete. »Nein, ich … ich hatte keine Kondome mehr, und es war das Ende ihrer Periode, also völlig unwahrscheinlich.«

Noch nie hatte er über so etwas Intimes mit seinen Eltern gesprochen, das hatten sie bisher immer vermieden.

»Das ist doch Unsinn«, sagte der Vater, »du gehst nach Mexiko, und dann kommst du gerade recht zur Geburt, oder wie?«

»Das weiß ich noch nicht«, sagte Thomas, »es kommt alles etwas überraschend.«

Das schließe sich einfach aus, sagte sein Vater, da solle er sich keine Illusionen machen, und eine Frau, die er erst so kurze Zeit kenne, könne doch nicht die Frau des Lebens sein, zu der sie sich mit diesem Kind offenbar machen wolle. Dass es ihr ihre Karriere verbaue, sei ihre Sache, aber dass es auch ihm die Karriere verbaue, sei wohl auch seine Sache.

Von Karriere verbauen könne keine Rede sein, erwiderte

Thomas, die seinige hänge bestimmt nicht davon ab, ob er ein Praktikum bei diesem oder einem anderen Projekt mache, und eine Abtreibung sei keine Kleinigkeit, da müsse schon Anna selbst darüber bestimmen.

Eine Abtreibung sei überhaupt keine Sache, zu diesem Zeitpunkt sowieso nicht, und er gebe ihr die Adresse eines Kollegen, der so etwas einwandfrei mache und ihr auch gleich sage, bei wem sie vorher das Zeugnis holen müsse, dass es für sie nicht zumutbar sei.

»Warum so heftig?« fragte Julia, »ein Enkelkind, weißt du, wie schön?«, um dann, zu ihrem Sohn gewandt, weiterzufahren, »ich würde dich und Anna jedenfalls unterstützen, so gut ich kann.«

Ihre Augen schimmerten, als sie das sagte.

Manuel starrte entgeistert auf seine Serviette.

18

Für mich?«

Mirjam war überrascht. Anna hatte ihr ein Päcklein zuge-
schoben, kaum dass sie sich auf den Stufen niedergelassen
hatten, die aus dem Ufer der Limmat eine Einladung zum
Nichtstun machten.

Es war der Sonntag nach der letzten Aufführung von »Leonce und Lena«, und am frühen Nachmittag saßen viele
junge Leute hier, sonnten sich oder liebkosten einander,
rauchten oder hörten aus ihren umgehängten iPods Musik,
zu der sie die Hände oder Füsse oder den ganzen Oberkörper leicht bewegten. Etwas weiter weg saß ein Dunkelhäu-
tiger mit einer farbigen Wollmütze, dessen Finger unglaublich virtuos über eine winzige Trommel wirbelten. Es war so
warm, dass einige der Männer mit nackten Oberkörpern da-
saßen, und einige der Frauen in einem Bikini-Oberteil. Am
Steg der Bootsvermietung herrschte ein beachtlicher Peda-
loverkehr, und vom See her war ab und zu das Hupen eines
Dampfschiffes zu hören.

Anna hatte Mirjam bei der Dernièrenfeier am gestrigen
Abend gefragt, ob sie sich heute hier treffen könnten.

Mirjam öffnete das Päcklein, das mit einem roten Band
mit Goldrändern zugeschnürt war, und war entzückt. Darin lag, neben einem durchsichtigen Säckchen Schokolade-
truffes, ein kleiner Stoffeisbär.

»So schön!« rief Mirjam, »Danke, Anna!« Sie küsste sie.

»Und Truffes, meine Lieblinge!« Mirjam öffnete das Säcklein, hielt es Anna hin, die eins herausnahm, und nahm sich dann selbst eins.

»Und womit hab ich das verdient?« fragte sie, während sie die Schokoladekugel im Munde zergehen ließ.

»Deine Inszenierung war sehr wichtig für mich. Es war meine erste größere Rolle –«

»– du hast es wunderbar gemacht, Anna, ich denke, du hast noch vieles vor dir!«

»– und es wird auch meine letzte sein.«

Mirjam erschrak. Wie denn, was denn, wieso denn.

Es sei ihr klar geworden, entgegnete Anna, dass sie keine Schauspielerin sei.

Aber sicher sei sie das, sagte Mirjam.

Nein, nein, das habe sie ja schon in der ersten Probe gesehen, als sie wegen dieses Liedchens habe weinen müssen. Das alles nehme sie viel zu stark her. Es gelinge ihr nicht, die Distanz zur Rolle zu gewinnen, die sie zu spielen habe. Sie *sei* die Figur, anders gehe es gar nicht. Und das mache sie fertig.

Das komme dann schon mit der Zeit, das sei auch eine Frage der Routine, versuchte Mirjam zu trösten.

Anna schüttelte den Kopf.

»Am schlimmsten war für mich die Stelle: ›Wo ist deine Mutter? Will sie dich nicht noch einmal küssen? Ach es ist traurig, tot und allein.‹ Nie konnte ich sie sprechen, ohne an meine Mutter zu denken, ich spürte jedesmal einen Kloß im Hals, ich kämpfte jedesmal mit den Tränen, und ich fürchtete mich jedesmal davor. So kann man nicht spielen.«

»Es gibt noch andere Rollen.«

»Gretchen? Die Kindsmörderin? Solveig von der dritten hat mich gefragt, ob ich in ihrem Urfaust das Gretchen spielen wolle.«

»Du wärst super, das weiß ich.«

»Gib dir keine Mühe, Mirjam, ich werde im Sommer in die Regieklasse wechseln. Ich glaube, das ist etwas, was ich kann. Beim Theater möcht ich eben schon gern bleiben.«

Ja, Regie mache Spaß, sagte Mirjam, das habe sie jetzt gemerkt, aber leiden müsse man wohl genau gleich wie beim Spielen, bis man dran glaube, dass man seine Ideen auch umsetzen könne und dass sie etwas taugen. Sie finde es natürlich schade, wenn Anna nicht mehr spielen wolle, aber wenn sie sich das überlegt habe, sei es wohl richtig, dass sie so weitermache, man könne ja nie wissen, was noch alles komme.

Allerdings, sagte Anna, das wisse man wirklich nie, und sie habe Mirjam treffen wollen, weil sie ihren Rat brauche.

Das mit der Regieklasse halte sie für einen guten Weg, sagte Mirjam.

Darum gehe es nicht, sagte Anna, es gebe da ein größeres Problem.

Mirjam war erstaunt. Was denn das für ein Problem sei?

»Ich bin schwanger.«

Mirjam ergriff ihre Hand.

»Von Thomas?« fragte sie leise.

Anna nickte. »Ein Missgeschick. Ungeschützt, am Ende meiner Mens.«

Mirjam war baff. Lange Zeit sagte sie nichts, ließ aber Annas Hand nicht los.

»Seit wann weißt du es?«

»Seit vierzehn Tagen.«

»Und weiß es Thomas?«

»Ja, und deine Eltern auch. Und jetzt weißt es auch du.«

»Danke«, sagte Mirjam und streichelte Annas Hand. »Und jetzt? Was machst du?«

»Ich weiß es nicht. Ich weiß es nicht. Ich weiß es nicht.«

Dann erzählte sie Mirjam, dass sie zuerst gedacht habe, sie wolle es austragen, dass dann aber Thomas sein Praktikum in Mexiko bekommen habe, das von Sommer bis Weihnachten gehe und dass er dann wohl etwa zur Zeit der Geburt zurückkäme und sie den entscheidenden Teil der Schwangerschaft ohne ihn bestehen müsste und überhaupt, wie sollte sie mit einem Kind die Schule weitermachen, und wenn sie im Sommer ein Jahr aussetzen würde, hätte sie Angst, den Anschluss zu verpassen. Und außerdem hätten sie und Thomas überhaupt nie davon gesprochen, wirklich zusammenzubleiben, es sei einfach sehr schön gewesen mit ihm, und das alles sei so schwierig.

»Aber du könntest es dir wegmachen lassen.«

»Sicher könnte ich das, und euer Vater hat Thomas schon die Adresse eines Kollegen gegeben und der Psychiaterin, die mir das Gutachten machen würde.«

Wie denn ihre Eltern reagiert hätten, wollte Mirjam wissen.

Thomas habe ihr erzählt, dass die Mutter ihre Hilfe versprochen habe für den Fall, dass dieses Enkelkind zur Welt käme, während der Vater ganz entschieden für eine Abtreibung gewesen sei.

»Er will wahrscheinlich nicht Großvater werden, das gleicht ihm«, sagte Mirjam, »aber dass Mutter dabei wäre, finde ich schön.«

Und wie Thomas reagiert habe?

Der habe sich zuerst gefreut und es als Zeichen angesehen, dass sie beide zusammengehörten, aber als das Praktikumsangebot aus Mexiko gekommen sei und auch als sie darüber gesprochen hätten, was es für ihre Ausbildung bedeute, sei er zunehmend unsicher geworden. Weder er noch sie seien ja mit ihrem Studium zu Ende.

Da wären sie natürlich nicht die einzigen, sagte Mirjam.

Ja, sagte Anna, aber das mache den Entscheid nicht leichter.

Sie seufzte, Mirjam seufzte auch, der Trommler begann zu seinen Rhythmen auch noch zu singen, lange, hohe Töne mit nur wenigen Variationen, weiter gegen den See hin bildete sich ein Gekreisch und Geflatter von Möwen um eine ältere Frau, die mit einem kleinen Kind Brotstücklein in die Luft warf.

»Ich weiß nicht, was ich sagen soll. Außer dass es für mich eine Megafreude wäre, wenn du zu unserer Familie kämst und mir eine Nichte oder einen Neffen mitbrächtest.«

»Sicher?«

»Sicher. Aber entscheiden musst natürlich du selbst.«

Es sei zuviel für sie, sie komme allein nicht weiter.

Mirjam hatte eine Idee. »Wir gehen in die Gessnerallee rüber. Ich habe noch den Schlüssel zum kleinen Proberaum, da ist heute sicher niemand.«

»Und dann?«

»Dann proben wir zwei Szenen.«

Eine halbe Stunde später saß Mirjam auf einem Klappstuhl vor einem Podest, und Anna saß auf dem Podest an einem Tisch. Eine Stehlampe daneben war das einzige Licht im verdunkelten Raum. Ein zweiter Stuhl am Tisch war leer.

»Also«, sagte Mirjam, »wir machen ein Minidrama. Es heißt ›Die Abtreibung‹. Du bist eine junge Frau, die schwanger wurde und bei einer Psychiaterin ist, von der sie eine Bescheinigung will, dass sie ihr Kind abtreiben darf. Wir sind an der Stelle, wo dich die Psychiaterin gefragt hat, ob du es dir gut überlegt hast und ob du wirklich keinen andern Weg siehst. Bitte.«

Anna schaute schweigend auf den Tisch, eine Minute, zwei Minuten. Dann hob sie den Kopf und sagte leise: »Natürlich gibt es einen andern Weg. Es gibt immer einen andern Weg, Frau Doktor.« Sie lächelte, weil sie merkte, dass sie sich auf das Spiel eingelassen hatte. Dann sagte sie entschiedener und etwas lauter: »Aber ich will ihn nicht gehen. Das ist der Punkt. Er führt in die Gefangenschaft. Ich will nicht die Gefangene eines Kindes werden und mich nach seinem Willen richten müssen und aufstehen, wenn es nachts schreit, und bei ihm bleiben, wenn es mich anschaut und ich gehen will, denn ich bin ja noch in meiner Ausbildung, ich muss immer wieder gehen, oder kann ich es zu Ihnen bringen, Frau Doktor, zum Hüten, wo sind die Tagesmütter, die Leihmütter, denen ich das Kind geben kann, damit ich *mein* Leben weiterverfolgen kann, meine eigenen Pläne, nicht die des Kindes? Wir schließen uns aus, wir zwei. Ich lebe vom wenigen Geld, das mir meine Mutter hinterlassen hat, die so oft nicht zu Hause war, wenn ich sie brauchte. Das ist nichts für mich.«

»Aber Frau Anna«, sagte Mirjam aus dem Halbdunkel, »solche Ängste hat jede junge Frau vor dem ersten Kind.«

»Ich bin nicht jede junge Frau!« rief Anna heftig, »ich bin ich! Ich! Und ich will nicht, dass ein Kind jetzt meine Zukunft organisiert für die nächsten zwanzig Jahre und mir sagt, mit wem ich zusammenleben soll und was ich überhaupt tun muss, klar?«

»Es ist klar, Frau Anna, beruhigen Sie sich«, entgegnete Mirjam, »Sie bekommen die Bescheinigung, ich wollte nur sicher sein, dass es Ihnen ernst ist.«

Dann sagte sie zu Anna: »Gut, die erste Szene ist beendet. Wir kommen zu Szene zwei. Der Vater deines Freundes, ein Arzt, hat dich um eine Unterredung in seiner Praxis gebeten. Bereit?«

»Bereit.«

Nun sagte Mirjam mit etwas tieferer Stimme: »Ich wollte Sie nur fragen, Anna, ob alles in Ordnung ist.«

Anna schaute lange ins Halbdunkel und nickte dann: »Ja, Herr Dr. Ritter, ich bekomme die Bescheinigung, es ist alles in Ordnung. Für Sie.« Dann machte sie eine lange Pause und schrie: »Aber für mich nicht! Für mich ist nichts in Ordnung, hören Sie? Ich will dieses Kind!«

»Aber warum nur, Anna?«

»Weil alles dagegen spricht, deshalb! Ich bin noch in der Ausbildung – na und? Ihr Sohn soll ein halbes Jahr nach Mexiko – na und? Ich wollte dieses Kind nicht, aber das Kind wollte mich – oder sich! Ich habe meine Mutter nie so gehasst, wie wenn sie mir sagte, ich sei ihr Wunschkind. Kinder sollen unerwünscht kommen! Ich will eine andere Mutter sein als meine Mutter eine war! Ich kann das.«

»Das können Sie später immer noch, Anna.«

»Wer weiß, ob später noch ein Kind zu mir kommen will? Wieso wollen Sie es mir wegnehmen, das Kind, Herr Dr. Ritter? Wissen Sie, was eine Abtreibung ist?« Anna erhob sich von ihrem Stuhl.

»Ein kleiner medizinischer Eingriff, ambulant und ohne –«

»Mord. Abtreibung ist Mord«, sagte Anna fast tonlos und zutiefst erschrocken, »und ich will keine Mörderin sein. Und jetzt gehen Sie. Ich muss meinen Mann anrufen.«

Anna zog ihr Handy hervor und wählte die Nummer von Thomas.

»Ich bin's, hallo. Thomas, ich wollte dir nur sagen, du kannst machen, was immer du willst, du kannst nach Mexiko gehen, oder auch nicht, ich weiß nicht, wer du bist, aber ich liebe dich – und ich behalte das Kind.«

19

Como está, señor?«

Mercedes stand im Türrahmen von Manuels Arbeitszimmer im oberen Stock. Sie trug einen farbigen Poncho, hatte eine schwarze Melone auf dem Kopf, die leicht schief saß, und hielt eine Biscuitschachtel in ihrer rechten Hand.

»Bien, gracias«, antwortete Manuel lächelnd. Viel mehr konnte er auf Spanisch gar nicht.

»No, doctorcito«, sagte Mercedes, indem sie zu seinem Schreibtisch kam. »Usted no va bien, lo ven mis ojos.«

Sie zeigte auf ihre Augen als Garanten ihrer Wahrnehmung, dass es Manuel nicht gut ging.

Und so war es. Seit Annas Auftauchen hatte sich etwas in ihm eingenistet, gegen das er vergeblich mit der ganzen Gewandtheit seiner Ironie antrat. Angst und Kummer saßen, ungebetene Gäste, in den Gemächern seiner Gefühle und ließen sich durch keine Tricks hinauskomplimentieren. Und als der Tinnitus dazukam, zogen sie ihre Familien nach, Beklemmung, Sorge, Panik, und sie hielten zusammen wie Migranten aus einem tristen fernen Land, mit denen Manuel nichts zu schaffen hatte und die nun einen Anteil von seinem Glück einforderten.

Natürlich war dies Julia nicht entgangen, und er musste ihr von seinem Tinnitus erzählen, auch davon, dass er deswegen einen Kollegen aufgesucht und sogar einem Cortisonstoß zugestimmt hatte, in der vagen Hoffnung, damit zur

20%-Erfolgsquote zu gehören. Gestern war die zehntägige Behandlungsdauer abgelaufen, und heute Nacht war er um drei Uhr erwacht, weil es geklopft hatte.

Ein klein wenig kam ihm der Tinnitus allerdings auch gelegen, diente er doch zur Maskierung seiner Besorgnis, die etwas anderem galt. Julia gegenüber hatte er gesagt, er empfinde es als Niederlage seiner ganzen Tätigkeit als Ohrenarzt, dass er nun selbst zum Opfer eines Symptoms werde, das er so oft erfolglos zu behandeln versucht habe.

Was er selbst denn einem Patienten mit Klopfgeräuschen geraten habe, hatte ihn Julia gefragt.

Einfacher seien natürlich die rauschenden und sirrenden Hörstörungen, sagte Manuel, sogar Eisenbahnen und Motorengeräusche, die an- und abschwellen, seien leichter zu ertragen, weil sie den akustischen Hintergrund unseres Alltags bilden, aber Klopfen und Hämmern gehöre zum aggressiveren Teil und habe ihn immer besonders ratlos gemacht. Eine Frau, und jetzt musste Manuel ein bißchen lachen, eine Frau vom Zürichberg übrigens, die mit einem Hammerschlag-Tinnitus zu ihm gekommen sei, habe ihm auf seine Nachfrage hin sofort gesagt, dass sie eigentlich am liebsten eine Lehre als Schreinerin gemacht hätte, aber dann ins Gymnasium gesteckt worden sei, und der habe er empfohlen, sich eine kleine Werkstatt einzurichten und mit Schreinern zu beginnen, was sie auch getan habe, und tatsächlich habe sie sich durch die Geräusche weniger gestört gefühlt, und wenn er sich recht erinnere, seien sie sogar ganz verschwunden, dies sei schon länger her, gehöre aber zu seinen wenigen Highlights auf diesem Gebiet.

Natürlich fragte ihn Julia sogleich, wie es denn bei ihm

sei, ob er vielleicht auch eine verborgene Schreinerseele habe, doch Manuel hatte von jeher eine Abneigung gegen das Handwerken gehabt, er brachte es schon beim Einschlagen von Bildernägeln fertig, sich auf den Daumen zu hauen oder den Hammer fallen zu lassen, so dass sich die Frage erübrigte. Das feine Führen von Operationsbesteck allerdings war eine andere Klasse von Begabung, über die er durchaus verfügte.

Julias Frage nach einer psychotherapeutischen Beratung hatte Manuel ziemlich schroff verneint, er sei ja wohl kein Psychiatriefall, war seine Antwort, und Julia wusste, dass es sinnlos war, weiterzubohren.

Aber langsam befürchtete er tatsächlich, er könne einer werden, denn sein veränderter Zustand musste so offensichtlich sein, dass er nicht einmal ihrer Putzfrau entgangen war, obwohl sie ihn in dieser Zeit höchstens zweimal gesehen hatte.

Heute war Freitag Abend, und Mercedes war nur seinetwegen gekommen. Sie hatte Julia gefragt, ob sie für den Doktor eine Mesa machen dürfe, um ihm gute Kräfte zu schicken, und Julia hatte die Frage an Manuel weitergereicht, zusammen mit der Erklärung, dass eine Mesa ein kleines Brandopfer für die Pachamama sei, den großen Geist der Natur.

Ob sie ihm das Haus anzünden wolle, hatte Manuel gefragt, und Julia hatte ihm von den vielen kleinen Salzteigfigürchen erzählt, die sie auf dem Markt in Cochabamba an den Ständen der Zauberer gesehen hatte, und die sich die Menschen kauften, um durch ihr Verbrennen die Erfüllung eines Wunsches zu erwirken. Der beste Tag für ein solches Opfer war der Freitag, und der beste Ort dafür war Manuels

Arbeitszimmer, und so hatte er auf Drängen Julias mit einem Achselzucken und den Worten »Gut, dann machen wir das!« versprochen, am Freitag Abend da zu sein.

Nicht dass er sich wirklich etwas davon versprach, er hatte mit indianischen Ritualen schon zweifelhafte Erfahrungen gemacht.

Unter Esoterikanhängern war es zum Beispiel Mode geworden, einen Propf mit einer sogenannten Ohrkerze auflösen zu wollen, worunter ein Wachsröhrchen zu verstehen war, das man sich ans Ohr hielt und dann das Ende anzündete. Die Hopi-Indianer, so hieß es, lockten so durch die entstehende Wärme und den Luftsog den Schmalz aus dem verstopften Gehörgang. Das mochte zwar in leichten Fällen gelingen, aber er hatte auch schon heikle Verbrennungen des Trommelfells behandeln müssen, die durch geschmolzene Wachstropfen entstanden waren.

Hier handelte es sich jedoch um etwas anderes, in dem er keine Gefährdung sah, und da er sich im Umgang mit Tinnitus eine pragmatische Haltung angewöhnt hatte, war er mit ein bisschen Rauch in seinem Zimmer einverstanden. Auch Julias Argument, damit könne er Mercedes eine Freude machen, hatte ihm eingeleuchtet. Mercedes wusste wohl, was sie an ihm und Julia hatte, und war erpicht darauf, ihrerseits einmal etwas Besonderes für sie tun zu können.

»Siéntese, doctor, siéntese!« sagte sie, als er zur Begrüßung aufstehen wollte, setzen solle er sich, bedeutete sie ihm, und genau dort bleiben, wo er war, hinter seinem Schreibtisch. Dann stellte sie sich vor ihn, hob die Blechschachtel mit beiden Händen vor ihr Gesicht, senkte den Kopf und schloss die Augen. Lange blieb sie so stehen, wortlos, und Manuel blickte auf ihren seltsamen schiefen Hut, unter dem der schnurgerade Scheitel zu sehen war, der exakt auf der Mitte ihres Schädels verlief und ihre schwarzglänzenden Haare in zwei gleiche Hälften aufteilte. Der Poncho, den sie umgelegt hatte, prangte in wunderbaren Farben, und an einem Lederbändel, den sie um den Hals trug, baumelte eine weiße Tierpfote. Das war ein anderer Anblick, als wenn sie in einer abgetragenen getüpfelten Schürze auf der kleinen Leiter stand und mit einer Ajaxflasche in der einen und einem Lappen in der andern Hand die Fensterscheiben reinigte, und je länger sie so vor ihm stand, desto weiter entfernte sie sich von der Frau, die bei ihnen zum Putzen angestellt war, und wurde zu einer unvertrauten priesterlichen Figur in einer Art Messgewand. Er schüttelte leicht den Kopf, aber etwas verbot ihm, darüber zu lachen. Auch wagte er nicht, etwas zu sagen.

Auf einmal hob Mercedes den Kopf, drehte sich abrupt um, ging zielbewusst auf das Büchergestell zu und sagte: »Aquí!« Sie stellte die Schachtel in der Nähe der Eckwand des Gestells zu Boden, maß mit den Augen nochmals die Distanz und räumte dann einen Teil der untersten zwei Regale aus, indem sie die Bücher auf das Tischchen in der Mitte des Zimmers schichtete. Es war vor allem ältere Fachliteratur.

Manuel verfolgte dies mit einer gewissen Besorgnis, er verstand nicht, weshalb sie ihr Opferfeuerchen nicht z. B. auf der Tischplatte entzünden wollte, versuchte auch einen Einwand, aber Mercedes hob sofort abwehrend beide Hände und schaute ihn mit einem Blick an, den er noch nie an ihr gesehen hatte.

Dann öffnete sie die Schachtel, entnahm ihr ein weißes Brettchen, auf dem verschiedene kleine Figuren und Gegenstände angeordnet waren, und deponierte es auf dem Tischchen.

Die Schachtel stellte sie umgekehrt auf den Teppich, legte den Deckel so darauf, dass die Ränder nach oben schauten, und machte aus einigen Feueranzünderröllchen in der Mitte ein kleines Reisigbett, auf das sie vorsichtig ihr Opferbrettchen hob. Danach zupfte sie Salbeiblätter von einem verdorrten Zweig, den sie bei sich hatte, und verstreute sie auf dem Brett. Jetzt zog sie ein Briefchen Streichhölzer hervor, doch bevor sie eines entflammte, sagte sie zu Manuel: »Doctor, jetzt gut Idee, was du wollen, bien?«

Manuel nickte und murmelte kleinlaut: »Bien, bien.«

Und als nun ein kleines Schmorfeuerchen zu brennen begann, über dem Mercedes, die im Schneidersitz danebensaß, ihren Salbeizweig so schwenkte, dass sich ein feiner Rauch gleichmäßig im Zimmer verteilte, ein Rauch, der überraschend gut und würzig duftete, überlegte sich Manuel, was er eigentlich wollte, und natürlich wusste er das schon lange, auch ohne dass eine Indiofrau mit einem Zweiglein in seinem Zimmer herumwedelte. Er wollte Klarheit darüber, wer Anna war. Dann würde vielleicht auch wieder Ruhe in seinem Ohr einkehren.

Durch den Opfernebel des Altiplano schaute er auf den Zürichsee hinaus, an dessen Ufern nach und nach die Lichterketten angingen und über den ein festlich beleuchtetes Ausflugsschiff glitt. Ein bleicher Halbmond hing so fern am Himmel, als sei er mit der Erhellung anderer Welten beschäftigt.

»Gut Idee, doctorcito?« fragte die Stimme aus Bolivien.

Manuel nickte lächelnd. »Gut Idee, Mercedes.«

Dann stützte er seinen Kopf auf die Hände und schloss die Augen.

Als er sie wieder öffnete, stand Mercedes vor ihm. Die Biscuitschachtel war geschlossen und stand auf dem Tischchen, die Bücher waren ins Regal geräumt. Immer noch hing ein feiner Nebel im Zimmer, und immer noch roch er betörend gut.

Mercedes hielt ihm einen gelben Umschlag hin.

»Estaba detrás de los libros«, sagte sie und deutete auf die unteren Reihen des Büchergestells. »Documentos?«

»Gracias«, sagte Manuel, nahm ihn und legte ihn auf den Tisch, »muchas gracias.«

»De nada, doctor, de nada«, sagte Mercedes, »qué Dios te bendiga«, küsste ihn auf die Stirn, ging dann zum Tischchen, nahm die Schachtel an sich und verließ das Arbeitszimmer.

Manuel blieb eine ganze Weile im Halbdunkel sitzen. Er war schon lange nicht mehr so ruhig und entspannt gewesen.

Endlich zündete er seine Tischlampe an, musste sich ein paar Sekunden an das Licht gewöhnen und machte dann den gelben Umschlag auf.

Darin war der Brief.

Bevor er ihn öffnete, horchte er auf. War das möglich, dass im Garten um diese Zeit noch Krähen krächzten?

134

20

Das Fest löste sich langsam auf.

Man hatte sich zum 80. Geburtstag von Julias Mutter in einem Ausflugsrestaurant zusammengefunden, dessen bis auf den Boden reichende Fenster den Blick auf den oberen Zürichsee freigaben, auf die Berge, die sich von seinem südlichen Ufer erhoben, Etzel, Fluhbrig und Aubrig, und die Kette der Glarner und Innerschweizer Alpen dahinter, vom Glärnisch über den Drusberg und den Clariden bis zum weißglänzenden kleinen Dreieck des Titlis.

Als die Kellnerin mit der großen, aufgeklappten Sperrholzschachtel um den langen Tisch herumgegangen war, hatten sich Julias Vater und Mutters Bruder und auch Julias Bruder eine der Havanna-Zigarren daraus gegriffen und trotz der sanften Proteste von Julias Mutter angezündet, und ein feines Gewölk begann nun die obere Tischhälfte zu überziehen; mit den Sonnenstrahlen, die sich darin brachen, sah es aus, als ob sich ein Tiefdruckgebiet ankündige, und das schöne Wetter draußen machte den Aufenthalt im Säli immer unerträglicher.

Die jungen Menschen hatten bereits die Flucht ergriffen und vergnügten sich in der Minigolf-Anlage, die zum Gelände des Restaurants gehörte. Thomas hatte, auf die ausdrückliche Einladung seiner Mutter, Anna mitgebracht, und sie, Mirjam und ihre beiden Cousinen Ladina und Luisa schoben die Bälle nun lachend über den Parcours von künstlichen

Bodenwellen, gekrümmten Rampen und läppischen Teichlein, nicht weil sie passionierte Golferinnen gewesen wären, sondern weil es da oben die einzige Vergnügungsmöglichkeit war. Thomas begleitete sie mit einem Notizblock, in dem er ihre Resultate aufschrieb.

Indessen verharrte die Gruppe der Ältesten und der Viererklub der nächsten Generation im Zigarrendunst, denn es wurden nun noch Schnäpse und Liköre angeboten. Julias Tanten, die zwei Schwestern ihres Vaters, bestellten sich beide einen Grand Marnier, Julias Onkel, Mutters Bruder also, entschied sich fröhlich für einen Grappa, und Julias Vater wollte den Quittenschnaps probieren, der hier als Spezialität galt, nur Julias Mutter verlangte einen Pfefferminztee. »Fährst *du*?« fragte Julias Bruder Gino seine Frau Letizia und schloss sich dann der Quittenschnapsbestellung an, während sowohl Julia als auch Manuel bei ihrem Mineralwasser blieben.

»So bleibt man schlank, nicht?« scherzte Julias Bruder, »täusche ich mich, oder hast du abgenommen?« fragte er seinen Schwager Manuel.

»Kann schon sein«, antwortete Manuel, »weißt du, was ein Hometrainer ist?«

»Siehst du, das täte dir auch gut«, sagte Letizia zu ihrem Mann, der nun mit gerötetem Blick eine Havanna-Wolke ausstieß und zufrieden auf den Quittenschnaps schaute, der ihm eingegossen wurde. »Bis zum zweiten Strichlein«, ermunterte er die Kellnerin, und als Letizia hörbar seufzte, sagte er, Mama werde schließlich nicht alle Tage 80.

Mama indessen saß erstaunlich frisch und heiter zuoberst am Tisch neben ihrem Mann, inmitten von Kirschstengeln,

136

Pralinés und Rosensträußen, vor sich den halben Geburtstagskuchen mit den acht ausgeblasenen Kerzen (für zehn Jahre eine Kerze), ein farbiges Couvert mit einem Gutschein für eine Woche Ferien für zwei Personen in einem Hotel in Pontresina und eines Zopfs in Form einer Bettschere, welche ihr Mirjam und Thomas gebacken hatten.

»Auf unser Geburtstagskind!« rief Gino, hob sein Gläschen in die Richtung seiner Mutter, und alle taten es ihm gleich, nippten dann ein bißchen an ihren scharfen Getränken, während Gino für seine zwei Strichlein nur einen einzigen Schluck brauchte.

Julias Eltern bewohnten immer noch das Haus in Fällanden, obwohl dessen Unterhalt zunehmend mühsamer wurde. Der Altersunterschied zwischen Vater und Mutter betrug sieben Jahre, und der Hausarzt von Julias Vater hatte Manuel gegenüber schon das Wort »dement« benutzt. Er stand manchmal morgens um fünf auf und zog sich an, um seine Praxis in Zürich aufzusuchen, die schon seit zwölf Jahren einem andern Rechtsanwalt gehörte. Seine Frau musste den Autoschlüssel sorgfältig verwahren, um sicher zu sein, dass er nicht plötzlich losfuhr. Seinen Fahrausweis hatte er abgeben müssen, als er mit 80 Jahren vor einem Rotlicht auf einen stehenden Wagen aufgefahren war.

Das Geburtstagskind hatte also nicht nur für ein Einfamilienhaus zu sorgen, das für zwei Menschen zu groß war, sondern auch noch für einen Menschen, welchem die Kenntnisse des praktischen Lebens immer mehr abhanden kamen. Brachte aber Julia das Gespräch auf einen Umzug, taten das ihre Eltern mit dem Satz ab, das könne man dann immer noch machen, wenn es einmal Zeit dazu sei. Prospekte von Alterswohnungen und Seniorenresidenzen, welche sie ihnen mitbrachte, waren bei ihrem nächsten Besuch jeweils verschwunden, dafür wurde sie immer häufiger um Chauffeurdienste angegangen, für Zahnarzt- oder Physiotherapiebesuche. Wieso sie kein Taxi nähmen, fragte Julia jeweils am Telefon, und wenn Mutter das Wort wie eine Zumutung wiederholte, schrie ihr Vater aus dem Hintergrund ins Gespräch, das sei sauteuer. Da ihr Bruder Gino als Elektroingenieur bei den Engadiner Kraftwerken arbeitete und mit seiner Familie in Zernez wohnte, hatte sie die ganze Last der Elternpflege zu tragen.

Früher hatte sich Julia vorgestellt, wenn die Kinder einmal erwachsen wären, warte nochmals ein großes Stück Freiheit auf sie, sie sah das wie eine Belohnung für das Älterwerden an. Statt dessen war es offenbar so, dass dann die noch Älteren bestimmten, was man nun zu tun hatte. Nachdem Manuels Eltern gestorben waren, der Vater vor vier Jahren und die Mutter vor zwei, galt es, ihr ganzes Haus zu räumen, eine Arbeit, die wegen der beruflichen Belastung Manuels und dessen Bruder Max weitgehend an ihr und ihrer Schwägerin hängen geblieben war und welche Julia zeitweise mit einer unglaublichen Wut auf all den Ramsch erfüllte, den ihre Schwiegereltern in ihrem viel zu geräumigen Haus, in Dachboden, Keller und Garage gehortet hatten, und ihr Herz hüpfte, wenn Schirmständer, Bilderrahmen, Schuhkästen, Nachttischchen und Ständerlampen in die Abfallmulde vor dem Haus krachten.

Julia schaute durch den Nebel zum oberen Tischende und wurde auf einmal von einem Grauen gepackt, einem Grauen vor der Zeit jenseits von 80. Onkel Markus, der ältere Bruder ihrer Mutter, war allein gekommen, weil seine Frau mit Alzheimer im Pflegeheim war und niemanden mehr kannte, oft nicht einmal mehr ihren Mann, und von den zwei Schwestern ihres Vaters war die eine geschieden, die andere verwitwet, sie lebten allein in ihren Fünfzimmerwohnungen und langweilten sich, die eine in Burgdorf, die andere in St. Gallen, ließen sich das Essen von der »Spitex« bringen und dachten nicht daran, vielleicht zusammenzuziehen, um sich gegenseitig zu unterstützen oder in ein Altersheim zu gehen, wo sie einige Sorgen los wären. Die eine sah fast nichts mehr und konnte höchstens noch eine halbe Stunde am Tag lesen. Julia hatte ihr letzthin einen tragbaren Radioapparat mit einem Kassettenspieler gebracht, damit sie sich das reichhaltige Vorleseprogramm der Blindenhörbücherei zunutze machen könnte, doch ihre Tante zitterte derart, dass sie es nicht mehr fertig brachte, eine Kassette in den Recorder einzuschieben.

War das ihre Zukunft, diese steinernen Gäste, die sich jetzt oben am Tisch mit angehobenen, brüchigen Stimmen über künstliche Hüftgelenke, Oberschenkelhalsbrüche und »Wetten, dass …?« unterhielten, sofern sie sich überhaupt noch verstanden und nicht einfach vor sich hin starrten, in die Rauchwolken vor ihren Gesichtern, wie ihr Vater?

»Wollen wir nicht noch eins singen?« schlug Julia plötzlich vor, verzweifelt fast.

Ratlose, überraschte Gesichter.

»Was denn für eins?« fragte Gino spöttisch.

»Mama, du kannst wünschen«, sagte Julia, und zu ihrem Erstaunen stimmte ihre Mutter mit schöner, klarer Stimme an »Hab oft im Kreise der Lieben«, und sofort fielen ihr Bruder und die beiden Tanten ein, »im duftigen Grase geruht«, und als es an den Refrain ging, sang sogar ihr Mann mit, mühelos eine Terz tiefer, »und alles, alles ward wieder gut.«

Weder Julia noch Manuel noch Gino noch Letizia konnten den Text und die Melodie auswendig, summten ein bißchen mit und hörten verwundert, zu wieviel Schönheit das greise Grüppchen noch imstande war, es war ihr, als habe jemand mit einem Zauberstab an eine Felswand geklopft, aus der nun auf einmal eine Quelle sprudelte.

Als die Jungen vom Minigolf zurückkamen, standen sie vor den hohen Fensterscheiben still und blickten in das neblige Säli hinein, aus dem ihnen ein Lied entgegenklang, »Wir sitzen so traulich beisammen und haben einander so lieb«.

»Das gibt's ja nicht«, sagte Ladina, »jetzt singen die.«

»Sie können es wenigstens«, sagte Mirjam.

Anna spürte einen Kloß im Hals. Sie hatte sich entsetzlich unwohl gefühlt an der Geburtstagsfeier. Thomas' Großvater hatte sie, als sie ihm vorgestellt wurde, mit den Worten begrüßt: »Aha, gibt's Urenkel?« was von Julia mit einem halb verständnisvollen, halb vorwurfsvollen »Aber, aber, Papa!« kommentiert wurde. Anna hatte nie ein solches Fest erlebt, von ihren Großeltern kannte sie nur die Mutter ihrer Mutter, und die war fast in ständigem Streit mit ihrer Tochter gelegen, solange diese noch lebte.

In dieser Familie, hatte sie gedacht, als sie am Tisch saß, wären keine drei Leute miteinander befreundet, wenn sie die Wahl hätten.

Manuel und Julia hatten ihr das Du angetragen heute, aber beim Gedanken, sie werde nun ein Mitglied dieser Gemeinschaft, schauderte sie. Und die Alten, was wollten sie noch, außer Urenkeln? Da saßen sie, die Todeskandidaten, und sangen ein Lied wie einen letzten Wunsch, »ach, wenn es nur immer so blieb!« Das war es, was sie wollten, es sollte einfach immer so bleiben. Unmögliches verlangten sie, zweistimmig, Unmögliches und Grauenvolles. Als sie weitersangen »Es kann ja nicht immer so bleiben hier unter dem wechselnden Mond« kicherten die beiden Kusinen, »Gott sei Dank!«, sagte die eine zur andern, aber Anna spürte wieder ihren Kloß und wusste nicht, warum sie Lieder so anrührten. Nun winkte ihr Thomas' Großmutter durch die Fensterscheibe zu, glücklich, rosarot, das Geburtstagskind.

Wie gut, dass mir das mit dem Lied in den Sinn gekommen ist, dachte Julia. Hoffentlich singen sie nicht noch ein drittes, dachte Gino.

Als sie später begannen, sich zu verabschieden, sagte Manuel zu Anna: »Haben wir eigentlich deine Telefonnummer?«

21

Nein, das ist nicht meine Mutter.«

Manuel stand mit Anna am Fenster seiner Praxis. Gestern hatte er sie gegen Abend angerufen und gefragt, ob sie zufällig Zeit habe, über Mittag kurz bei ihm vorbeizuschauen, er wolle sie etwas fragen. Mehrmals hatte er diesen schweren Satz für sich durchgemurmelt, um ihm am Telefon die größtmögliche Leichtigkeit zu verleihen. Offenbar war ihm dies gelungen, denn Anna war ohne Arg darauf eingegangen und kurz nach zwölf bei ihm erschienen.

Sie hatten sich auf die Patientenstühle vor seinem Schreibtisch gesetzt, und er hatte sie nach ihrem Gesundheitszustand gefragt und wollte wissen, bei welcher Ärztin sie in Kontrolle sei und ob alles in Ordnung sei mit der Schwangerschaft, hatte auch nochmals seine Hilfe angeboten für den Fall, dass sie sich anders entscheide. Dies hatte er sich so zurechtgelegt, damit das Treffen seinem Sohn und allenfalls auch Julia gegenüber unverdächtig war und als Wahrnehmung seiner ärztlichen Verantwortung durchging.

Ein bißchen hatte sich Anna gefürchtet hinzugehen, fand es aber dann richtig und notwendig, vor ihrem möglichen Schwiegervater Position zu beziehen. Bei der Geburtstagsfeier war kein Raum für solche Gespräche gewesen, doch nach dem, was sie von Thomas wusste, war sie mit der Erwartung gekommen, Manuel versuche sie zu einer Abtreibung zu bewegen, und war in Gedanken nochmals die Szene durchgegangen, die sie mit Mirjam geprobt hatte. Es erstaunte sie, dass Manuel sie einzig fragte, ob sie sich ihren Entschluss gut überlegt habe, worauf sie antwortete, so etwas könne man sich schon überlegen, aber letztlich entscheide das Gefühl.

»Ich hoffe, dein Gefühl trügt dich nicht«, sagte er dann.

»Das hoffe ich auch«, sagte Anna. Sie versuchte die direkte Anrede wenn möglich zu vermeiden, da ihr das Du mit diesem Mann nicht leicht fiel.

Dann lachte Manuel fast spitzbübisch und sagte, letzthin sei ihm beim Aufräumen alter Patientengeschichten ein Foto in die Hände geraten, das er von einer Frau bekommen habe, welcher er sehr geholfen habe, und diese Frau habe ihn sofort an sie erinnert. Er stand auf, nahm von seinem Schreibtisch das Foto und hielt es ihr mit der Frage hin, ob das etwa ihre Mutter sei, vielleicht sogar mit der kleinen Anna auf dem Schoß.

Anna war auch aufgestanden, war mit dem Foto einen Schritt zum Fenster getreten, und dann hatte sie den erlösenden Satz gesagt.

»Nein, das ist nicht meine Mutter.«

Manuel war überwältigt, überwältigt wie damals, als er nach einem stundenlangen Aufstieg im Licht des Vollmonds den Gipfelgrat des Montblanc erreichte und gleichzeitig die Sonne aufging.

Er hätte laut schreien mögen, aufspringen, tanzen wie ein Verrückter vor Dankbarkeit. Statt dessen lächelte er und sagte: »Nicht? Wäre ja auch ein Zufall gewesen.«

»Ein Zufall ist es trotzdem«, sagte Anna, »es ist meine Tante.«

Ein Sturmwind erhob sich in Manuels Ohr. Vor seinen

Augen wurde es Nacht. Er setzte sich auf den Schreibtisch und hielt sich mit den Händen an den Kanten. »Ihre Tante?« fragte er fast ohne Stimme.

»Ja, die Schwester meiner Mutter. Und das Kind ist meine Cousine.«

Manuel klammerte sich an den Tisch. Er wusste, dass er den Faden einer normalen Konversation nicht verlieren durfte. »Wie heißt es?« fragte er.

»Manuela.«

Weitersprechen, sagte sich Manuel, immer weitersprechen.

»Und kennen Sie sie – ich meine ... haben Sie Kontakt mit den beiden?«

Anna lachte. »Wir sagen doch du, nicht?«

Manuel nickte und machte eine fahrig entschuldigende Geste.

»Natürlich kenne ich sie. Kontakt habe ich zwar nicht allzuviel. Tante Monika hat vor etwa zehn Jahren einen Diplomaten geheiratet, der jetzt in Washington ist. Manuela besucht dort die Uni, ich glaube, Soziologie.«

Der Sturmwind ebbte etwas ab. Eine kleine Aufhellung. Wenigstens waren sie weit weg, beide. Weitersprechen, Manuel, weitersprechen, und locker!

»Wie hieß sie schon wieder, deine Tante?«

»Fuchs. Damals. Jetzt heißt sie Beck.«

»Ah, richtig ... Fuchs, Eva Fuchs.«

»Nein, Monika. Was fehlte ihr denn, als du ihr geholfen hast?«

Nun wurde Anna neugierig.

Manuel erschrak. Die Lüge hatte sich sofort gerächt.

144

»Ich, eehm … ich glaube, ich sollte mich an das Arztge-
heimnis halten.«

Gerettet.

»Klar, schon gut – ich kann sie ja selbst fragen.« Anna lachte. »Die wird sich wundern.«

Achtung, Manuel, das musst du verhindern. Die darf sich
nicht wundern. Bloß – wie soll das gehen? Eben erst befreit,
saß er schon wieder in der Falle. Er sah keinen andern Weg,
als direkt zu werden.

»Anna«, sagte er heftig aufatmend, »ich habe eine Bitte.«

Anna gab ihm das Foto zurück, setzte sich und schaute ihn
an.

Manuel setzte sich ebenfalls. »Es wäre mir lieber, du würdest deiner Tante nichts erzählen.«

»Ah ja?«

»Ja. Es ist … es ist jetzt etwas zu schwierig zu erklären,
aber ich bitte dich einfach darum.«

Anna war erstaunt. Aus der Autorität Dr. Ritter war unvermutet ein Bittsteller geworden, der etwas eingesunken vor
ihr saß.

»Gut, wenn du meinst …«

»Das meine ich wirklich, Anna. Und es wäre mir auch
recht, wenn du es Thomas und meiner Frau gegenüber nicht
erwähnen würdest.«

Anna verstand immer weniger.

»Also, dass du einmal Tante Monika behandelt hast?«

»Ja. Bitte.«

»Dann hätten wir so etwas wie ein Geheimnis zusammen?«

»Nicht direkt. Es soll einfach unter uns bleiben.«

»Aber – wieso genau?«

Wie gesagt, das könne er ihr jetzt nicht alles erklären, er wäre einfach froh, wenn sie es vorderhand so halten könnte.

Sie werde es versuchen, sagte Anna und blickte auf ihre Füße, obwohl sie eigentlich Thomas gegenüber ungern Geheimnisse habe.

»Bitte«, sagte Manuel, und es schien ihr auf einmal, in seinem Blick habe sich Angst eingenistet.

Anna ging, nachdem sie die Praxis verlassen hatte, zu Fuß vom Zürichberg in die Stadt hinunter, um die Schauspielschule zu erreichen. Regelmäßig und genügend solle sie sich bewegen, so der Rat ihrer Gynäkologin.

Das Gespräch hatte sie verwirrt. Sein eigentlicher Gegenstand war nicht die Frage gewesen, ob sie das Kind behalten oder abtreiben solle; das Gespräch darüber war überhaupt nicht so verlaufen wie in der improvisierten Szene mit Mirjam, offenbar respektierte Manuel ihren Entscheid. Das hing sicher auch mit der klaren Haltung von Thomas zusammen. Dieser hatte sein Praktikum in Mexiko abgesagt; er hatte mit seinem Tessiner Kollegen gesprochen, und der hatte nun die Gelegenheit doch benutzt, nach Mexiko zu kommen, während sich Thomas vier Monate lang mit den Kastanienbäumen des Maggiatals beschäftigen würde. Seine Mutter hatte ihm bereits einen Schnellkurs in Italienisch angeboten.

Was sie noch nicht wussten, war, ob sie heiraten wollten. Damit eilte es weder ihr noch Thomas. Aber zusammenbleiben, das wollten sie, und das war die Hauptsache. Anna würde keine Alleinerziehende werden.

Sie kam an der Universität vorbei und bog in den Rechberg-Park hinter der Musikhochschule ein, einen terras-

146

sierten, stets gepflegten Garten mit alten Brunnen, verschiedensten Blumenrabatten und Spalierbäumen an den Kalksteinmauern.

Auf einer Bank war ein Schattenplatz frei, neben einer Studentin, die mit einem Markierstift in der Hand ein Buch las.

Anna setzte sich und schaute über die Stadt zur Horizontlinie der Uetlibergkette hinüber, über der ruhig eine große Sommerwolke dahintrieb, welche die Form einer Schildkröte hatte.

Soeben war ihr ein bißchen schlecht geworden.

Sie entnahm ihrem kleinen Rucksack eine Petflasche und trank ein paar Schlucke Wasser.

Bei diesem Treffen, so wurde ihr langsam klar, war es einzig und allein um das Foto gegangen, das Foto, das seltsamerweise die Schwester ihrer Mutter mit deren einziger Tochter zeigte. Ihre Tante Monika war demnach einmal Patientin bei Manuel gewesen. Das war zwar ein Zufall, aber an sich nichts Ungewöhnliches.

Das Ungewöhnliche war, dass Manuel dieses Foto so lange aufbewahrt hatte. Es war offenbar wichtig für ihn, so wichtig, dass seine Hände leicht zitterten, als er es ihr hingehalten hatte, das war ihr nicht entgangen. So wichtig, dass er daraus ein Geheimnis machte.

Also konnte es sich fast nur um eine Liebesgeschichte handeln. Eine Liebesgeschichte zwischen Manuel und ihrer Tante Monika, eine Liebesgeschichte, von der Manuels Familie nichts wusste und nichts wissen sollte. Anna lächelte bei diesem Gedanken, auch wenn sie an die Geburtstagsfeier vor zwei Tagen dachte, diese Harmoniebehauptung im Säli des Ausflugsrestaurants. Sie hatte Tante Monika immer gemocht und konnte durchaus verstehen, dass sie als junge Frau auf jemanden wie Manuel oder überhaupt auf Männer anziehend gewirkt hatte. Wie ihre Mutter erzog auch sie ihre Tochter Manuela allein, und zwei oder drei Mal, als sie noch klein war, waren sie alle zusammen in den Ferien gewesen, in Südfrankreich, wo ein Freund von Tante Monika ein Haus besaß. Dann hatten sich die beiden Schwestern zerstritten, und je länger Anna darüber nachdachte, desto wahrscheinlicher schien es ihr, dass damals Monikas Freund ein Auge auf ihre Mutter geworfen hatte.

Sie sahen sich dann fast nur noch an Weihnachten bei der Großmutter, und Tante Monika rief Anna immer etwa einen Monat vorher an, um sie zu fragen, was sie gerne lese oder was für Musik sie gerne höre, und schenkte ihr dann ein Buch oder eine CD, die ihr gefiel.

Sie bedauerte es, dass sie nie zu Manuela in die Ferien durfte, denn eigentlich hatte sie das Gefühl, bei Tante Monika sei es schöner als bei ihr zu Hause. Und als diese dann den Diplomaten heiratete, lebte sie zuerst in Stockholm, später in London und dann in Washington, und Anna beneidete ihre Cousine um die Möglichkeit, auf diese Weise die Welt kennen zu lernen. Sie hatte sie zuletzt bei Mutters Beerdigung gesehen, dort hatte Monika sie auch eingeladen, sie einmal in Amerika zu besuchen, wozu ihr aber irgendwie die Energie gefehlt hatte.

Manuel und Tante Monika ein heimliches Liebespaar – die Vorstellung begann sie immer mehr zu amüsieren.

Aber warum, fiel ihr plötzlich ein, warum hatte er dann ausgerechnet sie in das Geheimnis eingeweiht?

Ein Handy klingelte, und die Studentin neben ihr nahm

es so lange nicht ab, bis Anna merkte, dass es ihr eigenes war.

Es war Manuel, der ihr sagte, er habe noch etwas vergessen. Natürlich wäre er auch sehr dankbar, wenn sie Mirjam nichts von diesem Foto erzähle.

»Okay«, sagte Anna, »schon klar.«

Manuel bedankte sich sehr, und Anna schaute zur Wolke hinauf. Die Schildkröte hatte sich inzwischen in eine Schlange verwandelt. Anna begann sich zu ärgern. Manuel hatte sie, aus welchem Grund auch immer, zur Mitwisserin einer Lebenslüge gemacht, und nun sollte sie mitlügen. Und sie ließ sich das gefallen. Gut, nichts sagen heißt noch nicht unbedingt lügen, aber es war der erste Schritt dazu. Wenn Thomas sie fragen würde, was sie heute gemacht habe, sollte sie nichts vom Treffen mit Manuel sagen. Sie hatte ihm tatsächlich noch nichts davon gesagt, da sie sich weder gestern Abend noch heute Morgen gesehen hatten. Sie sollte auch Mirjam nichts davon sagen, genauso wenig wie Julia. Ihre Tante Monika fiel ebenfalls unter das Schweigegebot.

Und Manuela?

Anna lächelte.

Von Manuela hatte er nichts gesagt.

22

Mom, wieso heiße ich eigentlich Manuela?« Die Frage ihrer Tochter traf Monika unvorbereitet.

Sie saß im Arbeitszimmer im ersten Stock ihres Hauses an der Garfield Street in Washington vor ihrem Laptop und suchte im Internet die Zeltplätze rund um den Mount St. Helens ab. Sie wollte Richard, ihrem Mann, der im Sommer 64 wurde, eine Besteigung dieses Vulkans schenken, für den er sich immer interessiert hatte. Der oberste Zeltplatz lag etwa 1000 Meter unterhalb des Kraterrandes, Richard war ein guter Wanderer, und die Wege wurden als problemlos geschildert, so dass es sicher ein besonderes Erlebnis sein musste, frühmorgens aus dem Zelt aufzubrechen und diesen schicksalshaften Berg zu erklimmen. Gerade hatte sie jedoch gesehen, dass immer nur eine begrenzte Anzahl von Touristen in den Park hineingelassen wurde, man sollte sich also rechtzeitig anmelden. Richard würde morgen aus New York zurück kommen, dann wollte sie mit ihm die Details der Reise besprechen.

Nun stand ihre Tochter im offenen Türrahmen, den sie fast ganz ausfüllte. Sie war einen halben Kopf größer als ihre Mutter und war massiv übergewichtig. Bis zu Monikas Heirat war Manuela das gewesen, was man ein herziges Mädchen nannte, groß schon damals, aber schlank, und das war sie auch in der ersten Zeit in Stockholm noch geblieben. Erst mit dem Umzug nach London, als sie 15 war, begann sie langsam Speck anzusetzen, musste Hosen und Röcke weiter machen lassen, um dann in Washington vollends in die Statur einer Kugelstoßerin hineinzuwachsen, ohne dass sie sich allerdings für Sport interessierte. Sie brauchte nun die Kleidergeschäfte für Übergrößen, an denen hier kein Mangel war, und Monika schmerzte der Anblick ihrer Tochter. Eigentlich verstand sie das nicht. Sie hatte immer auf eine ausgeglichene Ernährung geachtet, hatte das Birchermüesli auch im Ausland hochgehalten, so gut es ging, und sobald sie bemerkt hatte, dass Manuela nicht nur in die Höhe, sondern auch in die Breite wuchs, hielten Knäckebrote und Margarine Einzug auf den Frühstückstisch, doch dies hatte bloß zur Folge, dass Manuela in den Schulpausen um so gieriger Muffins, Donuts oder überladene Burgers in sich hineinfraß. Amerika war nicht unbedingt das Land, das zum Schlankwerden einlud, und Monika verabscheute den Kult der Größe, welcher hier auf Schritt und Tritt betrieben wurde. Die kleinste Portion Kaffee im »Starbucks« hiess bereits »Tall«, und bei Pizzas, Hamburgern und Sandwiches war sie meistens mit »Medium« schon überfordert, darüber gab es aber noch »Large« und »Extra Large« oder gar »Giant«. Die Vereinigten Staaten waren das Reich der vereinigten fettleibigen Riesen, und ihre Tochter war eine Bewohnerin dieses Reichs.

Jetzt stand sie unter der Tür, kauend, mit einem angebissenen »Milky Way« in der Hand.

»Wieso fragst du? Bist du nicht zufrieden mit deinem Namen?«

Monika versuchte etwas Zeit zu gewinnen.

»Doch, klar, ich möchte bloß wissen, wie du darauf gekommen bist.«

Monika spürte ihr Herz klopfen.

»Ach weißt du, damals hießen alle neugeborenen Mädchen Sandra, Barbara oder Daniela, und da du ja vor allem meine Tochter warst, wählte ich einen Namen, der wie der meine mit M anfängt und mit a aufhört, und natürlich gefiel er mir auch.«

»Okay, Mom.«

Sie steckte die zweite »Milky Way«-Hälfte in den Mund und drehte sich um.

»Hast du noch was vor heute Abend?« fragte Monika.

»Ich mach noch ein paar E-Mails«, sagte Manuela, »und dann will ich die Letterman-Show kucken. Kuckst du mit?«

»Vielleicht. Wer ist denn Gast?«

»Michael Moore.«

»Dann schau ich auch.«

Manuela ging die Treppe hinunter, und als von ihr nur noch der Oberkörper zu sehen war, drehte sie sich um und rief ihrer Mutter zu: »Anna aus der Schweiz hat gemailt, sie läßt dich grüßen.«

»Danke, gleichfalls!«

»Sie ist schwanger!«

Diese Nachricht kam von der untersten Treppenstufe.

Sofort stand Monika auf und ging zur Treppe. »Was hast du gesagt?«

Manuela drehte sich zu ihr um. »Anna ist schwanger.«

»Ah ja? Freiwillig?«

Manuela zuckte die Achseln, verschränkte ihre Hände über dem Treppengeländer und stützte ihren Kopf darauf.

»Warum hast du mir nie gesagt, wer mein Vater ist?«

Monika seufzte. Es war nicht das erste Mal, dass ihre Tochter diese Frage stellte, und es war nicht das erste Mal, dass ihr die Antwort darauf schwer fiel. Sie hatte sich das, als sie sich bei diesem Arzt in Zürich ihr Kind holte, einfacher vorgestellt. Damals hatte sie nur das Baby vor Augen gehabt, das Baby, das ihr manche ihrer Freundinnen mit verklärtem Lächeln hingehalten hatten, bis ihre Sehnsucht, selbst ein Baby in den Armen zu halten, unbezwingbar wurde, ein Baby, aus dem später ein fröhliches Lockenköpfchen würde, dem sie Pippi Langstrumpf erzählen würde, ein Baby, das sich bestimmt auch als Mädchen in ihrem kleinen Frauenhaushalt pudelwohl fühlen würde.

Diese Rechnung war nicht aufgegangen.

Schon im Kindergarten fragte Manuela, ob sie keinen Papa habe, und wenn sie ihr zur Antwort gab, es hätten eben nicht alle Kinder einen Papa, fragte sie, warum sie keinen habe. Der sei, nachdem er sie gemacht habe, weit weg gefahren und nicht mehr zurückgekommen, und sie wisse nicht, wo er wohne.

Diese Version hatte sie beibehalten, und als Manuela größer wurde, hatte sie ihr von einem Fest erzählt, an dem sie mit einem Fremden getanzt habe, den sie nachher zu sich nach Hause genommen habe, und am andern Morgen sei er weg gewesen, ohne seinen Namen oder eine Adresse zu hinterlassen, sie habe sich bei verschiedenen Leuten erkundigt, die auch auf dem Fest gewesen seien, aber niemand habe ihn gekannt, und er habe sich nie wieder gemeldet.

»War es wenigstens schön?« hatte Manuela einmal schnippisch gefragt.

»Aber sicher«, hatte ihre Mutter geantwortet, »wunderschön.«

Und als sie sich, entgegen allen ihren Erwartungen, in Richard verliebte, den sie auf einem Wirtschaftskongress kennen gelernt hatte, an dem sie als Dolmetscherin angestellt war, und als er sich, entgegen allen ihren Erwartungen, auch in sie verliebte und sie beschlossen zu heiraten, hatte sie zu Manuela gesagt: »Jetzt hast du einen Papa.« Doch Manuela weigerte sich, ihn Papa zu nennen, und benutzte, wenn sie zu ihm oder von ihm sprach, die Verkleinerungsform seines Namens, die auch ihre Mutter benutzte, Richi. Richard war ein paar Jahre älter als sie, hatte eine geschiedene Ehe hinter sich, war Vater zweier Söhne und war überhaupt nicht erschrocken, als ihm Monika gesagt hatte, sie habe eine Tochter.

Eigentlich, so Richard damals, habe er sich immer eine Tochter gewünscht und freue sich, auf diesem Wege noch zu einer zu kommen.

Doch die Erfahrungen mit der heranwachsenden Manuela waren ernüchternd. Sie ließ ihn immer spüren, dass er nicht ihr Vater war, sprach Freundinnen gegenüber vom Lover ihrer Mutter, was diese, als sie es einmal hörte, empörte. Sie sei verheiratet mit Richard, er sei nicht ihr Lover, sondern ihr Mann, und ob Manuela nicht merke, was sie ihm alles verdanke. Solche Wortwechsel pflegten damit zu enden, dass Manuela sagte, sie wäre lieber in Basel geblieben, mit Freundinnen, die zu ihr hielten, als alle vier Jahre in eine neue Stadt irgendwo in der Welt zu ziehen und dort irgendeine doofe deutsche Schule zu besuchen, mit lauter Kids von andern Nomaden, mit denen es gar nicht lohne, sich anzufreunden, weil alle sowieso nur auf Zeit hier seien. Oder, was für Monika noch schlimmer war, der Satz: »Wieso hast du mich nicht abgetrieben?«

Dann begann Manuela zu fressen, quoll immer mehr auf, und es war mit Händen zu greifen, dass sie unglücklich war. Und es war schwer, neben einer unglücklichen Tochter glücklich zu sein. Am schönsten waren für sie und Richard die Zeiten, in denen sie allein waren, also wenn Manuela mit der Schule auf einem Ausflug oder in einem Feriencamp war. Monika war als Teilzeitsekretärin auf der Botschaft beschäftigt, wo Richard als Wirtschaftsattaché arbeitete. Beide hatten insgeheim gehofft, dass Manuela ihr Soziologiestudium an einer Universität in einer andern amerikanischen Stadt aufnehmen wollte, aber Manuela zog es nicht nur vor, in Washington zu bleiben, weil sie an der Hubbard Universität studieren wollte, an der fast ausschließlich schwarze Dozentinnen und Dozenten unterrichteten, sondern auch weiterhin an der Garfield Street zu wohnen und nicht in einem Studentenheim in der Nähe des Campus. Es sei bequemer für sie, hatte sie gesagt.

Und da stand sie nun, unten an der Treppe, und stellte wieder einmal die Frage, von der sie genau wusste, dass sie keine Antwort darauf bekommen würde.

Dieser Fettkloß, dachte ihre Mutter, ich könnte sie umbringen. Und dann sagte sie so ruhig wie möglich den Satz, den sie schon so oft gesagt hatte: »Weil ich es nicht weiß.«

»Ich will es aber wissen.«

»Du weißt, dass ich es nicht weiß. Und was hättest du denn davon, wenn du es wüsstest?«

»Das weiß ich nicht. Es ist einfach ein Menschenrecht.«

»Es gibt wichtigere Menschenrechte«, sagte Monika unwirsch.

Du Schlange, dachte Manuela, ich könnte dich umbringen. Und dann neigte sie ihren Kopf etwas zur Seite, blickte ihre Mutter genau an und fragte sie: »Mein Vater heißt nicht zufällig Manuel Ritter?«

In Monikas Ohren begann es zu hallen, es war ihr, als ob dieser Name als mehrfaches Echo aus der Kuppel und der Krypta einer Kathedrale zurückgeworfen werde. Sie umklammerte mit der Hand den obersten Pfosten des Geländers, drehte sich schweigend weg und schaute zum Fenster hinaus auf die beleuchtete Straße hinunter, auf das Straßenschild »STREET ENDS – NO OUTLET«.

23

Viel Glück, Manuela«, sagte Anna, »ich warte hier auf dich« und setzte sich auf die Bank bei der Bushaltestelle, während Manuela auf den Neubau zuging, vor dem eine Tafel verkündete, dass hier Dr. Eduard Schwegler für dermatologische und venerologische, Dr. Stephan Zihlmann für urologische und Dr. Manuel Ritter für Ohren-, Nasen- und Halsprobleme zuständig seien. Es war kurz vor 17 Uhr.

»So you are a tourist?« fragte Frau Weibel, die Praxisassistentin. Manuela nickte.

Gerade hatte sie auf Englisch gesagt, dass sie schreckliche Ohrenschmerzen habe und froh wäre, wenn sie den Doktor sehen könnte.

»I must see, if the doctor has still time«, sagte Frau Weibel und bat sie, das Blatt mit den Personalien auszufüllen. Sie trug sich unter dem Geschlechtsnamen ihres Stiefvaters ein, Beck, Vorname Nela, und gab als Zürcher Adresse das Hotel Rütli am Central an. Dann wurde sie ins Wartezimmer gewiesen, wo sie sich setzte, mit der Hand am linken Ohr.

Es war Mitte Juli, Manuela wunderte sich über die Hitze. Sie trug nur eine leichte pinkfarbene Bluse und helle Leinenhosen, aber sie schwitzte. Jede Praxis dieser Art wäre in Amerika klimatisiert, die hier war es nicht.

Vor etwa zwei Monaten hatte ihre Cousine Anna ihr ein Mail geschickt, in dem sie ihr die Geschichte mit dem Foto erzählt und sie gefragt hatte, ob sie sich vorstellen könne, warum die Begegnung mit Dr. Manuel Ritter so wichtig für ihre Mutter gewesen sei, dass sie ihm damals ein Bild von sich und ihr geschickt habe. Sie vergaß nicht, Manuels Bitte beizufügen, dass sie, Anna, ihrer Tante Monika nichts davon erzählen solle.

Manuela war sofort klar, dass dies endlich die Spur war, die zu ihrem Vater führte. Es war ein harter Abend gewesen mit ihrer Mutter, Manuela war aufgebracht, dass sie so lange angelogen worden war, und Monika versuchte ihr begreiflich zu machen, dass sie diesem Mann versprochen habe, aus seinem Leben zu verschwinden und alles zu vermeiden, was ihm Schwierigkeiten machen könnte, schließlich habe er ja eine Familie gehabt.

Gehabt? Sein Sohn sei Annas Freund und der Vater ihres Kindes. Diese Mitteilung hatte Monika erschüttert, denn damit war eine Begegnung mit Manuels Familie fast unvermeidlich. Verzweifelt warb sie um Verständnis für ihre Situation.

Ob sie sich vorstellen könne, wie das sei, wenn es einfach nicht klappe mit den Männern?

Natürlich könne sie das, da genüge ihr ein Blick in den Spiegel!

Das sei nun eben ihre Art gewesen, dieses Problem zu lösen.

Lösen, hatte Manuela gesagt, lösen könne man das wohl nicht nennen, es müsse ihr doch klar gewesen sein, dass sie damit nur neue Probleme schaffe, und zwar happige.

Es waren endlose Gespräche voller Vorwürfe, die bis in die Morgenstunden dauerten, und die Wörter und Sätze, die das Zerwürfnis zu mildern vermocht hätten, wollten sich nicht einstellen.

Manuela war noch empörter, als sie am nächsten Tag vernahm, dass Richard die Geschichte ihrer Herkunft gekannt hatte.

Sie sei also ein Leben lang behandelt worden wie ein kleines Kind. »Ich bin betrogen«, hatte sie gesagt, »betrogen, really. Shit.«

Als sie dann ihren Plan bekannt gegeben hatte, in die Schweiz zu reisen, um ihren Vater zu treffen, bat sie Monika mit Richards Unterstützung inständig, dies nicht zu tun, sie könne damit eine Existenz ruinieren. Doch Manuela legte ihr Ticket auf den Tisch, das sie bereits gebucht hatte, und sagte, daran könne sie niemand hindern und sie sollten auch mal darüber nachdenken, ob sie vielleicht ihre Existenz ruiniert hätten mit dieser Lüge, und jedes Kind habe das Recht, seine Eltern zu kennen.

»Und wenn du deinen Vater kennst, was ist dann?« hatte Monika gefragt.

»Dann? Das weiß ich auch nicht«, hatte Manuela geantwortet, »aber es ist besser, als wenn ich ihn nicht kenne.«

Und nun trennte sie nur noch eine Türe oder eine Wand von ihrem Vater, und auf einmal fühlte sie sich wie ein Kind, das im Begriff steht, etwas Verbotenes zu tun. Möglicherweise hatte das wirklich üble Folgen für ihren Vater, wenn ihr Leben bisher ein Geheimnis geblieben war. Was sie vorhatte, kam einer Entlarvung gleich. Sie überlegte sich, ob sie sich schnell wieder davon machen solle. Aber dann dachte sie an die vielen Momente, in denen sie einen Vater in ihrem Leben vermisst hatte, und sagte sich, nein, jetzt gebe es kein Zurück, diese Begegnung habe sie zugut.

Unterdessen behandelte Dr. Ritter seinen letzten Patienten, einen Jungen, der nach einem Disco-Besuch einen Hörsturz erlitten hatte und dem er ein durchblutungsförderndes Medikament verschrieb, obwohl eine Reihe von amerikanischen Studien kürzlich ergeben hatte, dass dessen Wirkung keineswegs signifikant war. Aber der Bursche war beruhigt, als er hörte, dass man dagegen Tabletten einnehmen konnte. Manuel ermahnte ihn darüber hinaus, sich unbedingt Ohrenstöpsel einzusetzen bei seiner nächsten Disco-Party oder überhaupt bei lauter Musik, gab ihm auch ein Zweierpäcklein mit, gratis, wie er betonte, aus einer Präventionsaktion einer großen Krankenkasse.

Als ihn Frau Weibel am Telefon fragte, ob er noch eine amerikanische Touristin mit Ohrenschmerzen nehmen könne, sagte er, er komme gleich, und entließ seinen Hörsturz-Patienten.

Das Hämmern in Manuels Ohr hatte sich verstärkt. Es kam phasenweise in kurzen Abständen, und heute war es besonders arg. Gewöhnlich ebbte es nach einer Weile wieder ab, deshalb wollte er einen Moment warten. Eigentlich hatte er gehofft, es verschwinde ganz, als er die Gewissheit hatte, dass Anna nicht seine Tochter war. Seine Erleichterung darüber war groß, aber zugleich war ihm klar, dass er seinen Flecken im Reinheft damit nicht gelöscht hatte, im Gegenteil, er hatte ihn Anna gezeigt, und sie wusste nun etwas, das seine eigene Familie nicht wusste. Worum es genau ging, konnte sie zwar nicht wissen, aber es war klar, dass da etwas war, was Manuel verbergen wollte, und das war schlimm genug.

Er schaute auf die Hodler-Reproduktion an der Wand, mit dem Montblanc, der sich aus einem Wolkenring über dem Genfersee erhob. Einmal war er auf diesem Gipfel gestanden, in der Klarheit der Morgenfrühe, und um dieses Gefühl hätte er jetzt viel gegeben, in der letzten Zeit war er nur noch unter den Wolken. Es beruhigte ihn, sich mit halb geschlossenen Augen in den weißblauen Berg zu vertiefen. Er wusste nicht, wie lange er das Bild betrachtet hatte, aber das Pochen in seinem Ohr war leiser geworden.

Um so stärker erschrak er, als es dreimal an die Tür klopfte. Er seufzte. Es war also nicht vorbei. Er wusste, dass es sinnlos war, »Herein!« zu rufen, aber er stand auf, weil ihm in den Sinn kam, dass noch eine Patientin im Wartezimmer war.

Zu seiner Verblüffung stand direkt vor seiner Tür eine Hünin, die gerade die Hand angehoben hatte, um ein zweitesmal zu klopfen.

»Sorry«, sagte sie und ließ die Hand wieder sinken, »I didn't see your assistant anymore, and I just wanted to make sure you're still here.«

»Come in, please«, sagte Dr. Ritter und wies auf den Besucherstuhl. Manuela setzte sich und schaute ihn an, und sie musste sich gestehen, dass er ihr sofort gefiel. Sie wusste auf einmal nicht, was sie sagen sollte.

»So, you are American?« fragte Dr. Ritter, der sich ebenfalls gesetzt hatte.

Manuela nickte, sprachlos.

»From which part of the States?« fragte er weiter.

»Washington D.C.« sagte Manuela leise.

Dr. Ritter lächelte. »Oh, from the capital. And what's your problem?«

Actually, sagte Manuela, we can speak German, denn sie wohne zwar schon länger in Amerika, sei aber Schweizerin.

Aha, sagte Dr. Ritter etwas erstaunt, gut, und was denn nun ihr Problem sei.

Manuela zog das Foto aus ihrer Tasche, das sie als Baby auf Monikas Schoß zeigte. Mutter hatte es für die Geburtsanzeigen verwendet, die sie verschickt hatte. Manuela hatte es aus ihrem Album herausgenommen und hielt es nun Manuel hin.

»Sie kennen doch dieses Foto«, sagte sie zu ihm.

Manuel schaute das Foto an und schaute Manuela an.

Er wollte etwas sagen, aber die Stimmbänder schwangen nicht mit. Manuela schaute ihn an und schaute das Foto an. Sie wollte etwas sagen, aber ihre Zunge bewegte sich nicht.

Dann, auf einmal, beugte sie sich vor, stützte sich mit den Ellbogen auf die Tischplatte, barg den Kopf in ihren Händen und wurde von einem nie gekannten Weinen überfallen. Tränen brachen aus ihr heraus, als schmölze ein Gletscher in ihrem Innern, sie schluchzte, sie heulte, sie wimmerte, sie winselte, und Manuel beugte sich über den Tisch, berührte mit seinen Händen ihre Unterarme und streichelte sie sacht.

Er konnte es nicht fassen, dass dieses Riesenkind seine Tochter sein sollte. Er merkte, dass er sich immer ein schlankes, rankes und geschmeidiges Wesen vorgestellt hatte, wenn er an sie dachte, er war nie in der Lage gewesen, sie von der betörenden Erscheinung ihrer Mutter zu trennen.

Wie viele Minuten waren so vergangen? Einmal klingelte das Telefon, Manuel nahm es nicht ab, aber Manuela richtete sich plötzlich wieder auf, fragte nach Taschentüchern, und Manuel hielt ihr eine Schachtel Kleenex hin, sie zupfte ein Tüchlein nach dem andern heraus, um ihre Augen abzuwischen, sich zu schneuzen, ihre Wangen zu trocknen, zerknüllte sie alle und ließ sie auf dem Tisch liegen, von wo sie Manuel sorgsam weg hob und in den Papierkorb fallen ließ.

»Sorry«, sagte sie, »I'm so happy, but it hurts, ich meine, es tut einfach weh, aber ich bin glücklich. Und Sie?«

»Ich bin ... berührt«, sagte Manuel. »Wie geht es Ihrer Mutter?«

»Gut. Sie wollte auf keinen Fall, dass ich Sie suche. Nie. Sie habe es Ihnen versprochen, sagt sie. Aber ich habe Ihnen nichts versprochen.«

»Und wieso haben Sie mich gesucht?« fragte Manuel.

Ob da ein leiser Vorwurf in seiner Stimme war?

»Ich wollte wissen, wer mein Vater ist.«

»Und jetzt?«

Manuela zuckte die Achseln. »Vielleicht sollten wir zusammen essen gehn, und Sie fragen mich, was ich so mache und wie ich all die Jahre verbracht habe.«

»Das Problem ist«, sagte Manuel, »dass meine Familie nichts von Ihnen weiß.«

»Außer Anna.«

»Anna gehört noch nicht wirklich zur Familie. Haben Sie von ihr erfahren, dass sie bei mir war?«

Manuela nickte. »Den Rest hab ich selber herausgefunden. Meine Mutter musste es zugeben. Aber sie hat dicht gehalten, 22 Jahre. Das fände ich eigentlich gut, wenn sie mich nicht belogen hätte dabei.«

»Und Thomas?«

»Thomas ist im Tessin, hat Anna gesagt. Er hat mich nicht gesehen, und ich glaube, sie hat ihm bis jetzt nichts von der Geschichte erzählt.«

Manuel atmete auf.

»Zum Glück«, sagte er.

Manuela stand auf, Manuel ebenfalls.

Sie ging um den Tisch herum und stand nun vor ihm. Sie war etwas größer als er, er musste zu ihr heraufschauen, und er roch ihren Schweiß, der sich in Halbkreisen unter den Achseln ihrer Bluse abzeichnete.

»Das ist doch kein Glück«, sagte sie, »wenn jemand etwas nicht weiß, das er wissen sollte.«

»Manchmal schon«, sagte Manuel. »Wie lang bleiben Sie in der Schweiz?«

»Drei Wochen.«

Manuel seufzte.

»Ich wäre froh, wenn Sie keinen Kontakt mit meiner Familie suchen würden.«

»Mit deiner Familie?« fragte Manuela, »und wer bin denn ich?«

24

Julia saß mit einer Tasse Alpenkräutertee in ihrer Ferienwohnung in Pontresina und schaute ins Feuer, das sie sich im Cheminée angezündet hatte. Sie war zu Beginn der Sommerferien ein paar Tage allein hierher gefahren, Manuel wollte nächste Woche nachkommen.

Heute war sie ins Rosegtal gewandert und hätte eigentlich noch Lust gehabt, ein Stück gegen die Coaz-Hütte weiterzugehen, oder sogar bis zur Hütte selbst, doch der Weg war gesperrt, weil vor einigen Tagen eine Schlammlawine zu Tal gerutscht war, die auch eine Touristin unter sich begraben hatte. Die Nachricht hatte Julia erschreckt, offenbar war es nicht bei Regen oder Sturm passiert, sondern an einem Tag, der genau so schön gewesen war wie der heutige. Die Berge konnten ihre eigene Last nicht mehr tragen.

Schon auf dem Weg ins Tal hatten sie die enormen Wassermengen des Baches beeindruckt. Hoch oben mussten ganze Eisgebirge am Schmelzen sein. Einmal war zwischen Bach und Wegrand eine Gämse gestanden und hatte sich andauernd um sich selbst gedreht. Währenddem sie diese beobachtete, fuhr der Wildhüter mit seinem Auto heran und bedeutete ihr durch die Windschutzscheibe, sie solle weitergehen. Trotzdem blieb sie stehen und fragte ihn, ob das Tier krank sei. Es habe, sagte der Wildhüter, und nahm dabei sein Gewehr vom Rücksitz, die Gämsblindheit. Wenig später hörte sie den trockenen Schuss. Als sie auf dem Rückweg an der Stelle vorbeikam, sah sie das blutige Gras. Weiter unten kamen ihr drei Pferdekutschen mit Russen entgegen, die Champagnergläser in den Händen hielten und ihr lachend zuprosteten. Seit dem Fall des Eisernen Vorhangs kamen sie wieder ins Engadin, die Russen. Zur Zarenzeit waren es die Adligen gewesen, heute waren es die Neureichen. Auf der Fahrt nach St. Moritz saßen sie in den Erstklassabteilen der Rhätischen Bahn, mit einem Laptop auf dem Fenstertischchen, und schauten mit ihren Kindern zusammen, Kopfhörer in den Ohren, brutale Gangsterfilme an, während draussen die Tannenwälder des Albulatals an ihnen vorbeizogen.

Die Veränderungen. Der Schafberg, an dessen Fuß Pontresina lag, galt mit dem langsamen Auftauen des Permafrosts als so unsicher, dass knapp oberhalb ihres Ferienhauses in den letzten Jahren eine gewaltige Auffangmauer gebaut worden war, ein Erdwall, der stark genug sein sollte, um einen eventuellen Bergsturz aufzufangen. Julia erinnerte sich gut an ihren Schrecken, als sie in der ersten Informationsbroschüre gesehen hatte, dass mitten in der rot schraffierten, mit »A« bezeichneten Gefahrenzone auch ihr Haus lag.

Das Lärchenholz, das jetzt in ihrem Kamin knisterte, stammte von Bäumen, die wegen der Bauarbeiten gefällt wurden. Darunter war auch der älteste Baum des Dorfes gewesen, eine 150jährige, majestätische Lärche, die sie einmal mit Manuel zusammen umfasst hatte, der Stamm war so dick, dass sich ihre Fingerspitzen noch knapp berührten.

Wahrscheinlich hatte sich Thomas für das richtige Studium entschieden. Er war jetzt die zweite Woche im Maggiatal mit der Erfassung der Kastanienbäume beschäftigt, und es gefalle ihm sehr, hatte er ihr am Telefon gesagt. Sein Italienisch könnte besser sein, aber das liege nicht an ihren Lektionen, sondern an ihm. Julia war froh, dass er nicht nach Mexiko gegangen war. Da sich Anna entschlossen hatte, das Kind auszutragen, war das der einzig richtige Entscheid. So war es ihm möglich, während des Praktikums an den Wochenenden nach Zürich zu fahren, und zur Zeit hielt er Ausschau nach einer Ferienwohnung in Cevio oder Cavergno, damit Anna auch eine Zeit lang in den Tessin kommen konnte. Anna ihrerseits suchte in Zürich für sich und Thomas eine günstige Wohnung, die spätestens frei würde, wenn das Kind kam.

Julia freute sich auf ihr Enkelkind. Sie hatte Anna angeboten, dass sie das Kind gern einen Tag in der Woche hüten würde. Ein bisschen schmerzte es sie, dass Anna entschlossen war, es in eine Säuglingskrippe zu geben, um ihr Studium weiterführen zu können. Sowohl Thomas als auch Anna hatten gesagt, sobald die Studienpläne für das Wintersemester bekannt seien, würden sie sich einen genauen Wochenplan zurechtlegen, an dem sie beide je einen Tag übernehmen könnten, und wenn Julia auch einen übernähme, blieben nur noch zwei Tage Krippe. Trotzdem würde es ein unruhiges erstes Lebensjahr für das Kleine geben, und das missfiel Julia. Kinder brauchten am Anfang, davon war sie überzeugt, möglichst viel Ruhe und Regelmäßigkeit. Andererseits bewunderte sie Anna für ihren Mut, das Kind zu behalten, obwohl so vieles dagegen sprach.

Mirjam. Sie hatte ihren Abschluss an der Schauspielschule gemacht und durfte schon Mitte August mit den Proben zum Fosse-Stück im »Schiffbau« beginnen. Ein Glücksfall. Der ursprünglich vorgesehene Regisseur war wieder ausgestiegen, und dann hatte der Dramaturg ihren Büchner gesehen. Eine Chance. Bei einem Erfolg würden sich bestimmt noch andere Türen auftun. Im Moment war sie mit Sandra, einer Freundin aus der Kantonsschulzeit, auf einer Reise zum Nordkap in Norwegen, die ihr Manuel und sie zum Diplom geschenkt hatten. Mit einer Freundin. Nie mit einem Freund. Manchmal fragte sich Julia, ob ihre Tochter lieber Frauen hatte als Männer. Und? Was wäre dann?

Julia schob mit dem Feuereisen ein Holzstück auf die Glut, das etwas zur Seite gefallen war.

Dann? Dann wäre es halt so. Das wäre nicht einmal ihr selbst vollkommen fremd. Einmal, bei einer Einladung unter Freunden, hatte eine Frau, ebenfalls verheiratet, sie beim Abschied heftiger umarmt, als es dem Anlass zukam, hatte ihr die Zunge in die Ohrmuschel geschoben und ihr zugeflüstert, wenn sie einmal mit ihrem Mann nicht zufrieden sei, solle sie bei ihr vorbeikommen. Das Flirren, das sie bei diesem Ohrenkuss empfunden hatte, war ihr noch lange nachgegangen, aber besucht hatte sie die Frau nie.

Das Telefon läutete. Julia stand auf und ging in den Flur, doch bis sie am Apparat war, war er verstummt. Sie schaute auf die Uhr. Halb elf. Es war ein älteres Gerät, das nicht anzeigte, wer angerufen hatte, doch es konnte fast nur jemand aus der Familie sein. Sie stellte die Erlenbacher Nummer ein und ließ es lange läuten, acht oder zehn Mal. Manuel antwortete nicht. Ob er es überhaupt gewesen war vorhin, vielleicht vom Handy aus, das dann unterbrochen wurde? Wenn, dann würde er es sicher nochmals probieren. Sie fürchtete auch immer den Anruf mit der Nachricht, ihr Vater oder ihre Mutter sei gestorben. Nach Fällanden mochte sie so spät nicht mehr anrufen.

Ihre größte Sorge, das musste sich Julia eingestehen, galt Manuel. Sein Tinnitus besserte sich nicht, im Gegenteil, nach dem, was er ihr erzählte, intensivierten sich die Geräusche, und es war klar, dass ihm das zu schaffen machte.

Aber sie hatte immer mehr das Gefühl, es gebe noch etwas, das ihn belaste und über das er nicht sprechen wollte. Ob er ihr einen Krebs verheimlichte?

Sie dachte daran, bei wem überall Krebs aufgetaucht war in letzter Zeit. Walter, einer ihrer Deutschlehrer, hatte sich frühzeitig pensionieren lassen, damit er endlich mehr Zeit zum Lesen hatte, und hatte drei Wochen nach seinem Abschiedsfest den Bescheid erhalten, er habe Darmkrebs im fortgeschrittenen Stadium, mit Metastasen im ganzen Körper, und kämpfte seither um sein Leben, Dorothea, eine Sportlehrerin, hatte diesen Winter erfahren, dass sie Leukämie hatte, und war sechs Wochen später tot, oder der junge Katechet mit seinem Hirntumor – ob ein Tinnitus nicht auch ein Zeichen für einen Hirntumor sein konnte? Aber Manuel hatte ihr ja versichert, er sei bei Toni Mannhart in Kontrolle, der hätte so etwas bestimmt gemerkt, dafür war er ja Spezialist.

Oder hatte er irgendetwas Unrechtes getan? Es kam ihr eine Bemerkung in den Sinn, die er einmal gemacht hatte, als bei einem Praxisessen die Rede auf das Zuger Attentat kam, bei dem ein Frustrierter ins Parlamentsgebäude eindrang und in wenigen Minuten 14 Menschen erschoss. Sein Freund Zihlmann hatte gefragt, ob sie sich das vorstellen könnten, dass man an einem schönen Morgen ein Gewehr in die Hand nehme und über ein Dutzend Menschen abknalle, da hatte Manuel trocken und sehr bestimmt gesagt, ja, das könne er sich vorstellen. Und ins verblüffte Schweigen hatte er dann den Satz nachgeschoben, im Prinzip sei jeder Mensch fähig, etwas völlig Verrücktes zu tun, wenn die Umstände so seien, dass sein moralisches Bremssystem versage. Auch du und ich, hatte er dann, zu Zihlmann gewandt, hinzugefügt.

Manuel ein Verbrecher? Der, unabsichtlich vielleicht, in einer schicksalshaften Minute etwas nicht wieder Gutzumachendes angerichtet hatte?

Julia konnte es sich nicht denken, aber plötzlich schien es ihr wieder, sie kenne ihn überhaupt nicht, und der Ausdruck »mein Mann« sei eine Beschwörungsformel, derer sich die Gesellschaft bediene, um die Fremdheit zwischen zwei Menschen zu bannen.

Und plötzlich hatte sie große Sehnsucht, ihn hier zu haben, gerade jetzt, um ihm endlich näherzukommen.

Sie schaltete ihr Handy ein, und sofort kündigte ein heller Dreiklang das Eintreffen eines SMS an. »komme heute nacht nach p.sina, m« stand da.

Was? Heute Nacht? Wieso? Morgen war doch Donnerstag, und er musste in die Praxis.

Julia spürte ihr Herz klopfen.

Sie freute sich, sie freute und fürchtete sich unbändig.

Sie ging in die Küche, nahm das Puschlaver Ringbrot aus dem Kasten, das er so gern hatte, holte etwas Bündnerfleisch und einen Engadiner Käse aus dem Kühlschrank und zog aus dem kleinen Weingestell neben dem Cheminéeofen eine Flasche Veltliner. Dann legte sie neue Holzscheite auf die Glut, die bald wieder aufflackerte.

Es war halb zwölf. »heute nacht«, das konnte auch heißen, um eins oder zwei, je nachdem, wann er losgefahren war.

Julia legte sich auf das Sofa und schloss einen Moment die Augen.

Als sie erwachte, war es drei Uhr.

Manuel war noch nicht da.

Ihre Angst wuchs.

25

Der nächtliche Felssturz am Julier hatte mindestens drei Autos verschüttet.

Die ersten zwei hatten keine Chance, das dritte, auf das nur noch ein einzelner Brocken stürzte, war dasjenige Manuels. Die Rettungsdienste hatten Trennscheiben und einen Kran gebraucht, um ihn und seine Mitfahrerin aus dem Wagen zu befreien, dessen eingedrückte Kühlerhaube sie beide eingeklemmt hatte.

Die Mitfahrerin hatte Glück gehabt. Ihr zertrümmertes Bein konnte in einer sechsstündigen Operation im Churer Kantonsspital vor der Amputation gerettet werden, und nach drei Tagen konnte sie mit ihren Krücken schon wieder ein paar Schritte machen.

Sie war eine hünenhafte Amerika-Schweizerin, die, wie sie sagte, per Autostopp ins Engadin wollte. Jeden Tag erkundigte sie sich nach dem Zustand des Fahrers, und Julia hatte ihr auch ihre Hilfe angeboten für den Fall, dass sie irgendetwas brauche. Danke, es sei alles in Ordnung, sie habe mit ihren Eltern in Amerika telefoniert und sie beruhigt, sagte die Frau, die sich Nela nannte.

Manuels Zustand hingegen war kritisch. Auch seine Beine waren operiert worden, aber er hatte zusätzlich einen Beckenbruch und verschiedenste innere Verletzungen erlitten, die sich Julia gar nicht alle merken mochte, und lag seit fünf Tagen im Koma. Julia, der man ein Feldbett gegeben hatte,

172

war fast Tag und Nacht bei ihm, Thomas war am zweiten Tag aus dem Tessin gekommen und hatte ein Hotelzimmer genommen, und gestern Nacht war auch Mirjam aus Norwegen eingetroffen.

Nun saßen sie zum erstenmal alle drei für eine Viertelstunde, die ihnen die Ärztin zugestanden hatte, um Manuels Bett; Mirjam schaute verstört auf die Schläuche, Flaschen, Kabel und piepsenden Oszillographen, die eher den Eindruck eines Laboratoriums denn eines Krankenzimmers erweckten. An all das Instrumentarium angeschlossen lag, wie das Objekt eines groß angelegten Versuchs, ein Mensch, welcher der Vater von Mirjam und Thomas und der Mann von Julia war. Sie waren ermahnt worden, leise zu sein, da der Patient größtmögliche Ruhe brauche. Julia saß am Kopfende des Bettes, beugte sich zu Manuel und flüsterte: »Thomas und Mirjam sind da.«

Unter der Sauerstoffmaske regte sich nichts, man hörte nur das regelmäßige Atmen, und irgendein versteckter Lautsprecher gab das Klopfen seines Herzens wieder.

Mirjam hielt sich an Thomas' Arm fest und begann leise zu weinen. »Hat er denn noch nie etwas gesagt?« fragte sie ihren Bruder.

Der schüttelte den Kopf.

Mirjam konnte das alles nicht glauben. Die Fjorde Norwegens, die Wanderwege von einer Herberge zur andern, die Sonne, die aufging, kaum war sie untergegangen, helle Nächte, die keine waren, das Gekreisch von Möwen, das Hupen von Schiffen, die langen Gespräche mit ihrer Freundin Sandra, und nun sollte plötzlich das hier die Wahrheit sein.

Thomas war entschlossen, nach diesem Besuch zurück

173

nach Zürich zu fahren. Er musste wieder mit Anna sprechen können, die am Telefon immer seltsam wortkarg gewesen war. Als erstes hatte sie gefragt, ob man wisse, wer die
Autostopperin sei, und Thomas musste dies zuerst in Erfah-
rung bringen. Als er ihr sagte, es sei eine Amerikaschweizerin
namens Manuela Fuchs, hatte sie so lange nichts gesagt, bis
Thomas gefragt hatte, ob sie noch da sei, und sie war noch
da, aber es sei ihr ein bißchen schlecht, wie oft in diesen Tagen.

Mirjam stand auf, weil sie es nicht aushielt, sitzen zu bleiben, Thomas stand auch auf, und da waren sie, ratlos, am Bett
eines Menschen, welcher der Versuchung zu sterben wohl
nicht mehr lange widerstehen konnte.

Die Ärztin trat ein und nickte ihnen zu, machte eine Hand-
bewegung zur Tür hin und sagte zu Mirjam und Thomas:
»Tja, es ist wohl besser …«

Doch bevor sie sich zum Gehen wenden konnten, wurde
die Tür aufgestoßen und eine riesige junge Frau mit gerötetem Gesicht kämpfte sich keuchend an ihren Krücken herein. Es war die Autostopperin.

Die Ärztin stellte sich ihr in den Weg und legte ihre Finger
an die Lippen, doch die Frau stieß sie mühelos weg, schleifte
ihr eingegipstes Bein noch zwei Schritte näher zum Bett und
schrie dann, so laut sie konnte: »Vater! Bleib da!«

Entsetzt starrten alle das Monster an, das in die abge-
schirmte Stille der Intensivstation eingebrochen war, und
im ersten Moment sah niemand, wie Manuel die Augen aufschlug. Erst als er sich mit dem einen Arm, in dem keine In-
fusion steckte, die Sauerstoffmaske abnahm, merkten sie,
dass er sich regte. Sofort eilte die Ärztin zu ihm und wollte

ihm die Maske wieder aufsetzen, aber Manuel behielt sie in der Hand.

»Schön, dass ihr alle da seid«, sagte er. Seine Stimme war schwach und klang heiser.

»Manuel, Lieber, du bist wieder da!« sagte Julia, und ein Schleier legte sich vor ihre Augen.

»Ich muss mit euch sprechen«, sagte Manuel.

»Später, Manuel, später.«

Manuel schaute von Julia zu Thomas, von Thomas zu Mirjam und von Mirjam zu Manuela und sagte:

»Nein. Jetzt.«